カノジョの本音
(や、やっちゃったあああああああ!!)
(いきなり家にあげたりし
変な勘違いされちゃうじゃん!
ば、ばかっ、私のバカ!)
キャなカノジョは
距離感が
バグっている
出会って即
お持ち帰りしちゃ
ダメなの?

「ありがと」
「またあとでね、藤村」
カノジョとの出会い

「じゃあ、私が藤村をひとりじめできるね」
大胆すぎるカノジョ

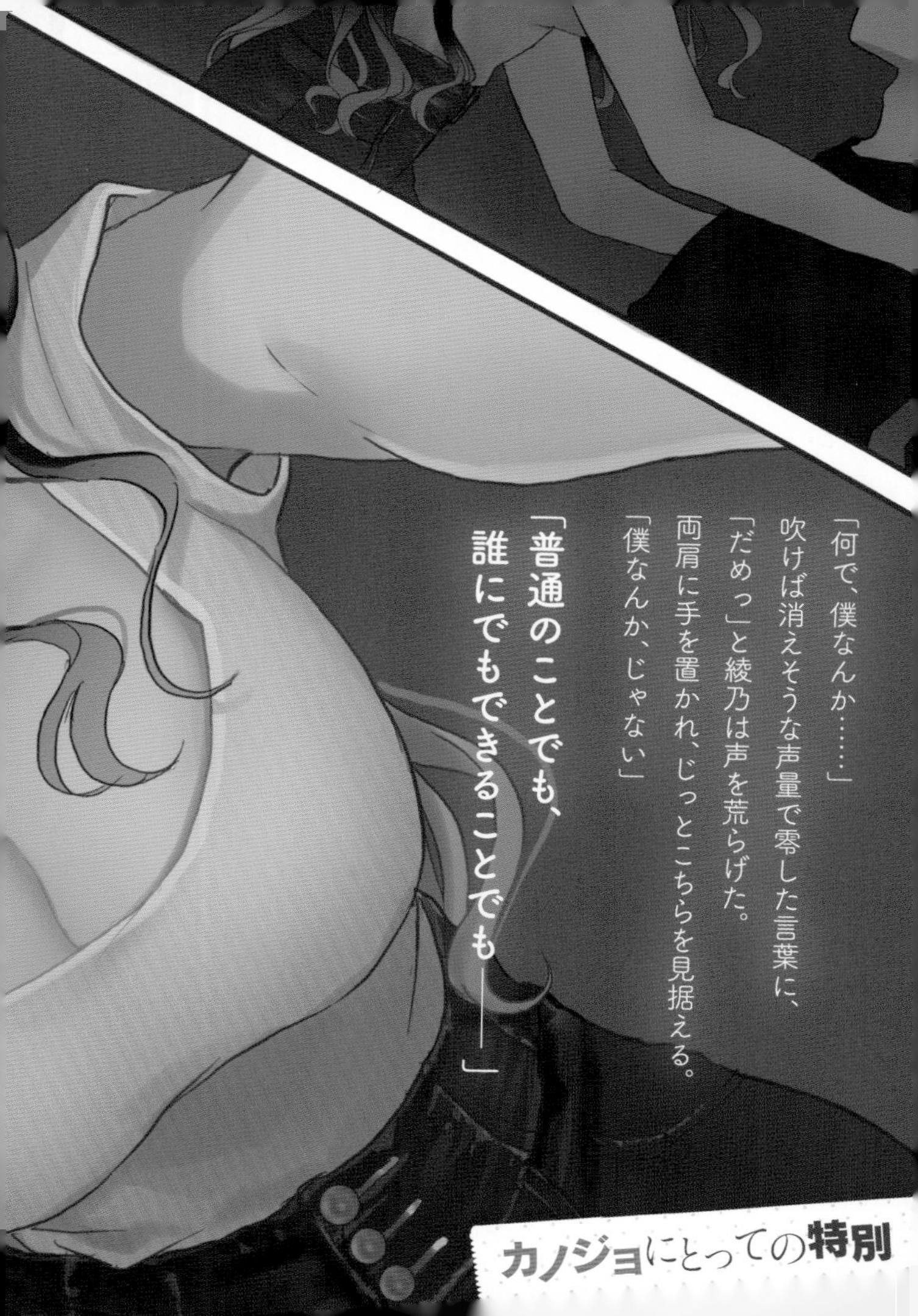
「何で、僕なんか……」

吹けば消えそうな声量で零した言葉に、

「だめっ」と綾乃は声を荒らげた。

両肩に手を置かれ、じっとこちらを見据える。

「僕なんか、じゃない」

「普通のことでも、
誰にでもできることでも——」

カノジョにとっての特別

「それを初めてしてくれた人のことを、
特別に想っちゃダメなの？」

カノジョへ、初めてのメッセージ

きょー
夜分遅くに失礼します
23:11
あやの
既読
23:11
仕事のメールみたい
きょー
女子にメッセージ送るの
初めてで
作法がわからなかった
23:13
きょー
調べてもよくわからなくて
23:13
あやの
既読
23:13
普通でいいよ
あやの
安心しな
既読
23:13
きょー
了解!
23:14

藤《ふじ》村《むら》京《きょう》介《すけ》
高校１年生。陰キャとしてぼっち生活を満喫していたが、偶然ナンパ（？）から綾乃を助けたことで懐かれるように。綾乃の大胆な行動に戸惑いつつも、対人経験がほぼゼロのため簡単に受け入れてしまう。
佐《さ》々《さ》川《がわ》綾《あや》乃《の》
高校１年生。クラスカーストトップに君臨し、モデルの仕事もしている生粋の陽キャ。大人びているようで実は甘えん坊な子どもっぽい一面もあり、京介に対してゼロ距離で甘えにいくこともしばしば。

陽キャなカノジョは距離感がバグっている

出会って即お持ち帰りしちゃダメなの？

沗 葉松

ファンタジア文庫

3185

口絵・本文イラスト　ハム

もくじ！

プロローグ

♠

（どうしてこうなった……）

熱いシャワーを頭からかぶりながら、藤村京介《ふじむらきょうすけ》は途方に暮れていた。

右膝からどくどくと血が溢《あふ》れる。しばらく止まりそうにない。

怪我《けが》のわりに痛みを感じないのは、ここが他人の家の浴室で緊張しているからだろう。

高そうなシャンプーやボディーソープ、洗顔フォームにT字カミソリ等々。女性の美の裏側を覗《のぞ》き見ているようで、恥ずかしいやら申し訳ないやら複雑な心境だった。

「藤村ーっ」

「は、はい！」

不意にすりガラスの向こうから声を掛けられ、京介の背筋はこれ以上ないほど伸びた。

その声は狭い浴室の中で反響し、頭からつま先までをピリピリと刺激する。

「ちょ、何で敬語なの」

「あ、いや、他意はない」

「……まあいいけど、ここにタオル置いとくね」

すりガラスの奥で、女性らしいすらりとしたシルエットが揺れ動く。浴室に染《し》み渡《わた》る甘く凛《りん》とした声に、京介の羞恥心は加速する。

「部屋で待ってるから」

彼女は「ごゆっくり」と脱衣所から出て行った。心臓に悪い言葉を残して。

「はぁー……」

頭からお湯をかぶりながら、大きく息を漏らす。

なぜクラスの高嶺《たかね》の花である彼女の部屋にあがり、しかも風呂《ふろ》に入っているのか。

湯気に混じって鼻腔《びこう》をくすぐる、甘く瑞々《みずみず》しい梨の香り。彼女の髪と同じ匂いに、京介は数時間前の出来事を思い返す。

第1話　またあとでね

♠

「遅い！　どんだけ待たせるんだよ⁉」

朝の通学路。

誰かの到着を待っているのか、電話口で怒鳴り散らすクラスメートへ一瞬視線を配った。

（友達がいるやつは大変だな、登校するのに誰かを待たなきゃならないなんて）

心の中で独り言《ひとりごと》ちて、京介は小さく鼻を鳴らす。

別に羨ましくなどない。断じて、そのようなことは。

今年から始まったこの高校生活で、京介は空気に徹すると決めていた。

恒例の自己紹介では無難オブ無難な内容をロボットのように吐き出し、部活動の勧誘等《など》はバイトがあるからと練習した作り笑顔でやり過ごし、空いた時間の全てを寝たフリに注いだ。

結果、クラスメートたちは京介を無理に仲間内へ引き入れようとせず、「クラスに一人はいる無口で大人しいやつ」という名誉ある称号を手に入れた。

好かれることは嫌われる可能性を孕《はら》むし、嫌われればイジメやイジリに発展するかもしれない。余計な悪感情を背負うくらいなら、友達を作らずに一人で過ごした方が日々を満喫できる。

ぼっち最高。そう自分に言い聞かせて、鈍色の雲が横たわった空を仰ぎながら、花びら舞う並木道を進む。

ふと、前を歩く女子生徒に意識が留まった。

腰まである艶《つや》やかな黒髪。身長は一八〇センチ近くある。凛と伸びた背筋や歩く姿はとても絵になり、それがクラスメートの佐々川綾乃《さ さ がわ あや の》であると理解するまで、たいして時間はかからなかった。

「いや、携帯持ってないはウソだろ」

綾乃の隣をねっとりとついて歩く男子生徒が、へらへらと笑いながらそう言った。

彼が誰なのかは知らないが、金髪であることからきっと不良だろうと陰キャの勘が告げた。また、綾乃がひどく迷惑そうにしているため、彼氏や友達でないこともわかる。

（あー、ナンパってやつか。初めて見た）

興味深そうに、二人の背中を凝視した。

学校内でトップクラスの美貌を持ち、モデルとしても活躍するカースト最上位の女子。あれだけ綺麗《きれい》なら、声をかけられることもあるだろう。

「いいじゃねぇか。連絡先くらい教えてくれたって」

「いや、ホントに持ってないんですよ！」

「さっき誰かと電話してただろ」

「え。あぁ。あれ……」

食い下がらない金髪。綾乃の動揺ぶりは、背中を見ているだけでも伝わってきた。

「あれ！　ひとり言です！」

ぶふっと、京介は小さく吹いた。それはないだろ、流石《さすが》に。

金髪も一瞬たじろぐが、

「俺の妹がさ、綾乃ちゃんに憧れてるんだよ」

綾乃の職業上、同世代の女子から支持されているのは知っているが、今この場面でそんな台詞《せりふ》を吐いても中身がない。

下手くそな嘘《うそ》だなと、京介は小さく笑う。これで騙《だま》されるようなやつがいるなら、ぜひ一度お目にかかってみたい。

「えっ。ホントですか⁉」

「ぶほっ！」

急に声色を変える綾乃に、京介は盛大に吹き出した。

金髪の方がちらりと後ろを確認する。京介は顔を伏せ、ゴホゴホと咳《せき》をして誤魔化す。

「うんうん。マジだって。ホントさ、すごいよな。尊敬するっていうかさ」

「いやー。んふふ。まー、それなりに頑張ってますし？」

後ろ髪をさっとかき上げて、得意げに鼻を鳴らす。

（頭が残念な子だったのか……）

口から乾いた笑いが漏れた。別世界の住人だとばかり思っていたが、案外そうではないのかもしれない。

「だから、妹に紹介したいんだよ。頼むって綾乃ちゃん。別に変な意味じゃないから」

「え？　えっ？」

金髪生徒は、さっと綾乃の手首をとった。

突然の接触に驚いたのか、綾乃は足を止めて困惑する。

「マジでさ。教えてよ、変な意味じゃねぇから」

真剣な表情で放った言葉には、恵まれた体格も相まって迫力があった。

綾乃は後ろへ視線を流し、京介に助けを求めた。だが京介は、その願いを一蹴するように目をそらす。

気の毒だと思う。助けたいという気持ちだってある。

しかし、不良相手に食ってかかれるような勇気があれば、陰キャなどやっていない。

申し訳ない気持ちで胸を埋めながらも、強く生きろよと内心呟《つぶや》いて、二人の横を通り過ぎようと足を速める。

「――あっ」

瞬間、右足が左足に絡《から》まり体勢を崩した。

どうにか立て直そうと努力するも、運動不足で鈍った身体《からだ》にそんな能力はなく、

「うわぁああ‼」

何かにつかまらないと。

その一心で伸ばした手が握りしめたのは、金髪のズボンだった。

打ち付ける顔面。頭上から降ってくる男の絶叫。痛みと驚きとやっちまった感が一気に押し寄せ、京介は立ち上がることも叶《かな》わず倒れ伏す。

「お、お前っ！　ふざけんな‼」

金髪はそう吐き捨てながら走り去って行った。

ダッダッと忙《せわ》しない足音を見送って、京介はゆっくりと身体を起こす。

「大丈夫⁉」

綾乃の声で、鼻血が出ていることに気づいた。彼女は急いでポケットティッシュのビニールを引っぺがして、紙の束を押し付ける。

「あ、ども……」

視線を伏せたまま、それを受け取った。

やばい、どうしよう。ネガティブな感情と共に、真っ赤な血が流れ落ちていく。

偶然とはいえ、ナンパ野郎相手とはいえ、他人のズボンを無理やり下ろしたのだ。わいせつ罪だ。許されるわけがない。

「ねえねえ」

綾乃が耳元でそっと囁《ささや》く。

心地のいい吐息に誘われて顔を上げると、風が吹けば触れ合うような距離に彼女がいた。シャンプーによるものか、梨の瑞々しい香りが鼻腔をくすぐり、心臓が大きく跳ねる。

「う……おお……」

声というより、音に近いものが喉から漏れ出した。この距離で見る彼女は、遠巻きに眺めるよりずっと綺麗だったから。

長い睫毛《まつげ》に縁どられた藍色の瞳が、ぱちりと瞬《またた》く。

学校ではいつも顔を伏せているから気づかなかったが、彼女の目尻の下あたりにホクロがある。

「あいつの、花柄だったね」

にししっ、と。綾乃は悪戯《いたずら》っ子のように笑って見せた。

おそらくパンツの柄のことだろうと、京介《きょうすけ》は推理する。見ていないが、綾乃の口調から察するにさぞダサかったのだろう。

「ありがと」

健康的な色の頰に朱色を垂らして、ぽんっと京介の頭を優しく叩《たた》いた。

そのままくるりと身を翻《ひるがえ》し、「日直があるから」と背中を向ける。

「またあとでね、藤村《ふじむら》」

そう一言告げ、綾乃は駆けていった。

京介は鼻を押さえたまま、遠ざかってゆく背中を見つめる。

「……名前、憶《おぼ》えてたのか」

腹の中に熱くなるものを感じて、静かに零《こぼ》した。

いや、違う。そこは問題ではない。

形はどうあれ彼女を助け認識された事実が、金髪への罪悪感を消し飛ばす。学校で絡まれ、静かな日々が崩れてしまうかもしれない。

（ど、どうしよう……）

ただの自意識過剰かもしれない、が。

陽キャの生態は未知だ。何をするか予想もできない。ただの杞憂《きゆう》で終わってくれと願いながら、京介は内心頭を抱えた。

第2話　一緒に帰ろ

♥

「佐々川さんってすごいよね。やっぱりたくさんお金もらえるの？」

夢の中に、中学生の頃の同級生が出てきた。

当時から仕事をしていたため、クラスでは色々と目立っていた。

奇異の視線を送られた。憧れの眼差《まなざ》しを向けられた。事あるごとに収入について聞かれ、何かをねだるような目で見られた。

「まあ、ちょっとは、ね」

そう答えると、まず手始めにジュースをねだられた。お菓子をねだられた。アクセサリーや化粧品をねだられた。友達が要求する金額は、時間を経るごとに増していった。

一年の半分近くを仕事に費やす自分は、クラスメートと思い出の共有ができない。

学校を早退することは珍しくなく、部活に入ってもまともに参加できず、先生からも特別扱いされ一部生徒から反感を買っていた。

その埋め合わせをしたのが、お金だった。

よくないと思いつつも、やめなければと自重しつつも、頼まれたら嫌だとは言えなかった。

それを口にすれば、孤立することは目に見えていたから。


「……っ」


急な雨音に意識が覚醒する。

二限目は数学の時間。よくわからないのと疲労が相まって、いつの間にか寝落ちしていた。おかげで昔の夢を見て、酷《ひど》く気分が悪い。

今のところ、健全な高校生活を送っている。

だが、中学生の頃のこともあり、あまり踏み込んだ関係になれない。向こうから仲良くしようとしてくれても尻込みしてしまう。

（……そういえば藤村、鼻大丈夫かな）

ふっと、視線を横へ流した。今朝助けてくれた彼は、何ともなさそうな表情でシャーペンを走らせている。

いつも寝たフリをして、誰とも話そうとしない変なやつ。

彼にはお礼をしないと。

（お礼か……）

やはりお金をかけないと、納得して貰《もら》えないだろう。

助けた恩も返せないやつと吹聴されたら、誰も話しかけてくれなくなるかもしれない。

「はぁ……」

小さく息を漏らして、窓へ目をやった。

空を覆う厚い絨毯《じゅうたん》は、一切の光を閉じ込めて雨ばかり降り落とす。

♠

金髪の件を経て、綾乃《あやの》に話しかけられるのではと警戒しながら登校したが、彼女は朝からいつもの面々と話すばかりでこちらには目もくれなかった。

よく考えたら当たり前のこと。

結果的にナンパから助けてしまったわけだが、それだけで仲良くしてくるわけがない。

クラスでトップクラスの陽キャなら、これくらいは慣れっこだろう。

自意識過剰になっていたことを自嘲し、静かな日々が守られ安堵《あんど》する。

これでいい。彼女とは、住む世界が違うのだから。

「あ、藤村っ」

四限終了のチャイムが鳴り、クラスメートたちが昼食をとろうとざわつき始めた瞬間。

綾乃の両手が、とんっと京介の机に降り立った。反射的に顔を上げてしまい、彼女の澄んだ双眸《そうぼう》と視線が絡む。

「食堂行かない？　今朝のお礼に奢《おご》ってあげるから」

「……は？　え？」

周囲から突き刺さる奇異の視線。

注目されていることなど意に介さず、綾乃は「行くよー」と猫でも捕まえるように京介の首根っこを引っ張り教室を飛び出した。

「ちょ、ちょっと」

京介は彼女の手から逃れ、一歩二歩と距離をとる。

どうしよう。何て言おう。

このまま無言で引き返すのは、不自然な上に印象が悪い。弁当があるからと言おうにも、今日はそもそも食堂へ行く気でいたので何も持ってきていない。

慎重に対応しなければ。失礼なやつだと吹聴されたら、「クラスに一人はいる無口で大人しいやつ」という勲章をはく奪されてしまう。

「どうしたの？」

「どうしたって……そ、そりゃあ」

「遠慮しなくていいよ。お金はあるし」

「そういうことじゃなくて」

仕事をしているのだ。一食分を奢るなど造作もないだろう。

そんな心配はしていない。単純に、絡《から》まれるのが嫌なのだ。

「……お礼とか、別にいいって。ティッシュ貰ったし。佐々川《ささがわ》さんが稼いだお金なんだから、自分のために使えよ。奢られたって困るだけだ」

我ながらいい台詞《せりふ》だと、京介は内心得意げに笑う。

これなら不自然ではない。このまま教室に戻ったところで、彼女は何も思うまい。食事に関しては、家まで我慢するとしよう。

（……ん？）

綾乃の顔色が若干暗くなり、京介は眉をひそめた。

怪訝《けげん》そうに、困惑するように、迷子の子供のように視線を忙《せわ》しなく動かし、落ち着かなそうに身体《からだ》を揺らす。

「えっと、でも……お礼しないと」

「は？　いやだからいいって」

「でもでもっ、お金かけないと納得してくれないでしょ？」

「……」

「みんな、そうだったし……」

「……さっきから何言ってるのか全然わからないけど、お礼って金額の問題じゃないだろ。てか、みんなって誰だよ。僕を勝手に入れるな」

小さくため息を漏らして、「じゃあ、そういうことだから」と踵《きびす》を返す。

一歩踏み出した瞬間、ぐわっと後ろに引き寄せられ転びかけた。見ると、綾乃に制服の裾を摑《つか》まれている。

「ま、まだ何かあるのか？」

まさか気を悪くさせてしまったのでは、と額に冷たい汗が浮かぶ。

「……どうすればいいんだろ」

自信なげに、しかし頰に喜びをにじませて、綾乃は小さく零した。

「どうすればって、何が？」

「藤村と一緒にご飯食べる方法」

「は？」

「私が奢らないとして、じゃあ、どうやったら藤村《ふじむら》は一緒に食べてくれるのかなって」

「……僕が一旦教室へ財布を取りに戻ればいいんじゃないのか？」

「……………あー、うん、そっか」

トンチンカンな質問を受け、つい普通に返答してしまった。

綾乃はふむふむと納得する。次いで頬を染めて照れ臭そうに頭を掻《か》き、メリハリのある身体を強調するように両手を後ろで組む。

「じゃあ、待ってるから」

教室で話しかけられた時とは打って変わって、それはか細く自信なげな声だった。

よくわからないが、自由になった。解放された。京介《きょうすけ》は踵を返し、足早に教室へと戻る。

何のことはない。このまま彼女を放置すればいいのだ。

あとから聞かれても、お腹《なか》が痛くて保健室に行っていたと話せば問題ないだろう。綾乃と一緒に食事をとっているところを他人に見られたら、一体何を言われるかわからない。

「……」

ふと、先ほどの彼女の表情を思う。

何故《なぜ》ああも自信なげなのか。彼女が誘えば、大概の男子は大手を振ってついて行くだろう。女子だって断りはしない。自分のような日陰者ではないのに、どうして。

（いや、まあ、腹は減ってるしな。食べないと午後からもたないし）

そう自分に言い聞かせて、うんうんと何度も頷《うなず》く。

ふと横目に外を見ると、今朝から降り続いていた雨はすっかりあがっていた。


「それだけで足りるのか……」

ちょこんと、ミニきつねうどんが一杯。

女子とはいえいささか少な過ぎる食事に、京介は思わず呟《つぶや》いてしまった。

「普段は野菜中心だけど、今日は炭水化物とってもいい日だから」

と言って、ちゅるちゅるとうどんをすすった。体型維持も仕事のうちなのだろう。見上げたストイックさだなと、素直に感心する。

京介もゆっくりと食べ始めるが、あまり食が進まない。

理由は、周囲からの視線だ。

この空間にいる多くが一度は彼女に視線を配り、ついでのように京介を見る。案の定注目を浴びてしまい、気分が悪くて仕方がない。

「美味《おい》しくないの？」

綾乃は首を傾《かし》げてそう言った。酷く難しい顔をしていたせいだろう。

「いや、別に……」

「うそ。絶対美味しくないんだ。そんな顔してるし」

「生まれつきこんな顔だ」

「もう、仕方ないなぁ」

言いながら箸を置き、その手を京介に差し出した。

見ると、彼女のうどんが入っていた器は既に空になっていた。

「食べてあげよっか」

ちょいちょいと指を動かす。スプーンを寄越せと言いたいらしい。

「……佐々川さんが食べたいだけだろ？」

「ち、違うよ！　ほら、お米の中には七人の神様がいるっていうし！　残すのはもったいないかなーって」

「自分で注文しろよ。僕のをとらなくてもさ」

「それは……何かこう、大義名分がないと罪悪感が、その……」

「やっぱり食べたいだけじゃないか」

彼女をストイックだと評したが、存外にガバガバなようだ。

京介は大きな口を開けて、カレーライスを口内へ運ぶ。米からルウまで、カレーは炭水化物の塊だ。さぞ羨ましいようで、綾乃は飢えたチワワのような顔でこちらを見ている。

「……あー、食べきれそうもないなー。ひと口だけ誰かに食べて欲しいなー」

「は、はい！　私が食べます！」

棒読み丸出しなヘルプに、綾乃は今にも飛び掛かりそうな勢いで手を挙げた。

このまま皿を空かすのは良心が痛むし、見つめられたまま食事をするのは気分が悪い。

「じゃ、いただきます」

それは、ひと口と呼ぶにはあまりにも大き過ぎた。

もぐもぐ、はふはふ。口内の熱気を逃がしながら咀嚼《そしゃく》する綾乃の口の周りには、米粒が二つ付いていた。常人ならただ間抜けなだけだが、それが彼女だと自然と絵になる。

「ったく」

全体の三分の一をもぎ取られた皿を返してもらいため息を漏らした。

さて食事再開だとスプーンを手に取り、はたと思う。

（これって……）

綾乃が使った食器を使い回すというのは、つまりそういうことだ。

無意識のうちに、彼女の唇に目がいった。朱色の舌先が、チロリと残ったルウを舐《な》め取る。

その様に、自然と頬が熱くなった。何を気持ち悪いことを考えているんだと、胸の内で照れる自分を叱責する。

(流石《さすが》は陽キャ。お構いなしか)

そのスプーンは、元は京介が使っていたものだ。綾乃《あやの》もそのことは承知のはずだが、まったく気にしている素振りを見せなかった。

「……これ、残りも食べていいぞ」

「えっ。本当?」

潔癖、というわけではない。

間接キスだと意識しながら何事もないように食事をするのは、京介にとってハードルが高過ぎる。ならばもう、全てあげてしまった方がいい。

「藤村はもったいないよね」

「おだてたって、もうカレーはないぞ」

「そんなつもりないよ。ただ、みんなと話さないしさ」

「別にいいだろ。僕と話したって、誰も得しないし」

「ええー? 私は楽しいけどなぁ」

息が詰まるような感覚に襲われた。他人に対し、こうも感情をぶつけるのはいつぶりだろう。

若干やけくそ気味に言い放った瞬間、思った以上に大きな声を出してしまったと気づき、

「佐々川さんには友達がたくさんいるんだから、僕なんかに絡まなくてもいいだろ」

少々棘《とげ》のある声音で返すと、綾乃は顔色にわずかな陰りを見せて目を伏せた。

「……いいって、お世辞は」


「えっと、じゃあ、そういうことだからっ」

京介は席を立ち、その場から逃げ出した。

これでいい。少し話してわかった、綾乃はいいやつだ。こうして突き放したからといって、周りに悪評をばらまくようなことはしないだろう。

「……」

彼女の良心に付け込んでいるようで、気分が悪くなってきた。

教室へは行かず、保健室に向かう。重たい頭を引きずりながら。

ベッドに横たわって意識を預けていると、いつの間にか放課後になっていた。

一度は止《や》んだ雨が、再び息を吹き返している。

ひとまずカバンを取りに教室に戻ると、二人の女子がお菓子を広げて駄弁《だべ》っていた。普段、綾乃がよく話している二人組だ。彼女らは京介を一瞥《いちべつ》するが、どうでもよさげな顔をして談笑を再開する。

「佐々川《ささがわ》さんってさ、何かうちらのこと下に見てない？」

「あー、わかる。壁作ってるっていうかさ」

カバンに伸ばした手が、ピクッと止まった。

京介は彼女らに視線を向けた。スナック菓子を摘み、指についたカスを舐め取る動作が、嫌に気味悪く映った。

「ブスのくせにムカつくよねー」

「ほんっとね。何様だよって感じ」

カバンを持ち、急いで教室を出た。一分一秒でも早く、彼女らから離れたかった。

頭の中で、何度も彼女らのやり取りがループする。

何度も何度も、正確に、一言一句違《たが》わず。授業中には決して発揮されないような記憶力が、ここにきて猛威を振るう。

足早に玄関へと向かい、靴を履いて傘を取った。

早く帰りたい、今すぐに帰りたい。何か食べて、ゲームでもして、テレビを観《み》て、適当なところで眠ってしまえば忘れられるだろう。

京介は背筋に嫌な汗が伝うのを感じながら、逃げ出すように玄関を出た。

「あ、藤村っ」

打ち付けるような雨音を割って、彼女の声が鼓膜を揺らした。

つられるように目を向けると、そこには綾乃が立っていた。

「具合悪かったんだって？　大丈夫？」

「……うん、まあ」

生返事をしながら傘を開く。

「友達でも待ってるのか？」

「ううん。傘、誰かが持って行ったみたいでさ。ビニールだから、間違えたのかな」

言いながら、可笑《おか》しそうに頰を綻ばせた。

京介は自分の傘を見た。少し肩は濡《ぬ》れるだろうが、二人で入っても問題はない。

「くしゅっ」

可愛《かわい》らしい音と共に、綾乃の鼻からだらんと鼻水が垂れた。へへっと照れ臭そうに笑って、「風邪ひいたかな」とティッシュを取り出し拭き取る。

「私は止むの待つから。じゃあね」

そう小さく手を振って、ふんっと鼻をかむ。

絡《から》むなよと、食堂で吐き捨てたばかりだ。彼女はその意思を尊重したのだろう。

「……うん」

傘の柄を強く掴《つか》み、綾乃に背を向けた。

靴の中に水が入ったわけでもないのに、一歩一歩が不快で仕方がない。ビニールに打ち付ける水の音でさえ耳障《みみざわ》りだ。

（あいつが何したっていうんだよ……！）

教室にいた女子たちの言葉は、未《いま》だ脳内を占拠していた。

少し話せば、綾乃が他人を見下すような人物でないことはわかるはずだ。明るくて、単純で、少しバカな、楽しいやつだとわかるはずだ。

自分でもわかることが、なぜ彼女らに伝わらないのか。

美しさへの妬みなら、それもおかしな話だ。

綾乃は食事制限をしていると言っていた。菓子を摘みながら無為に時間を過ごすあいつらに、嫉妬をする権利などない。

仕事に懸命で、その中でも学校に通って、勉強をして。

そんな彼女を身勝手に突き放して、不快な思いをさせて、それなのに気を遣わせて。

僕は一体何をやっているのだろう——と。

京介《きょうすけ》は歩みを止め、大きく息を吐いた。

♥

雨脚は弱まる気配を見せず、明日の朝まで降り続きそうな勢いだ。

いつ帰れるのだろう。一人暮らしのため、親に迎えに来てもらうことができない。手持ち的にタクシーを呼べなくはないが、誰かに見られて陰口を叩《たた》かれるのは困る。家はそこまで遠くないが、この雨を走り抜けるのは気が引ける。

「……？」

忘れ物でもしたのだろうか。制服を着た誰かが、校門から入って来た。

細い身体《からだ》、低い身長。視界は雨のせいで不明瞭だが、その生徒が近づくにつれシルエットが明らかとなる。それは、見知った男子だった。

「これ、カバンに入ってて。使ってくれていいから」

足元が悪い中、小走りだったためだろう。

京介は息を切らしながら言った。片手に折り畳み傘を持って。

「……タグ付いてるけど、わざわざ買って来たの？」

「ち、違う。買ってそのままにしてたんだ！」

「ふーん……」

京介は赤面しながら言って、「んっ」と折り畳み傘を押し付ける。

「……じゃあ、僕は行くから。また明日」

踵《きびす》を返す京介に、綾乃は手を伸ばした。

彼の服の袖は、雨に濡れていた。

「い――」

思考するよりも先に、唇は動いていた。

「一緒に帰ろっ」

彼が一人を好むとしても。

ここでわがままを言わないといつか後悔するだろうと、綾乃は確信していた。

第3話　ひとりじめできるね

♠

（どうしてこうなった……）

　右膝からドクドクと溢《あふ》れる血が、熱いシャワーと共に排水口へ流れていく。その様子を見つめながら、京介は深いため息を漏らす。

「藤村《ふじむら》ーっ」

「は、はい！」

　すりガラスの向こうからの声に、京介は思い切り背筋を伸ばした。

「ちょ、何で敬語なの」

「あ、いや、他意はない」

「……まあいいけど、ここにタオル置いとくね。部屋で待ってるから」

　綾乃は「ごゆっくり」と脱衣所から出て行った。

（部屋で待ってる……待ってる、かぁ……）

甘美な響きに、邪《よこしま》な妄想が脳を侵食した。すぐさま再びシャワーを頭から被《かぶ》り、それらを洗い流す。

ここは、学校から徒歩十分ほどの道沿いに建つマンションの一室。綾乃《あやの》が暮らす場所。

学校を出た京介は、校門を抜けて数分もしないうちに、濡れた桜の花びらに滑って盛大に転倒した。本日二度目、あまりのそそっかしさに笑い話にもならない。

制服の上着は泥水まみれ。ズボンは右膝の部分が破れ、しばらくは治りそうもない傷ができていた。

『うち、すぐそこだから手当てして行きなよ！　ついでに洗濯も、ドライヤーで乾かせばいいし！』

その提案に、京介は相当迷ったが最後は首を縦に振った。

家までそう遠い距離ではないが、服の前半分を泥で汚して、膝から血を流して、自分は高校生にもなって前のめりに転びましたと宣伝しながら帰る勇気がなかった。何より、彼女の本気の心配を振り払うのは気が引ける。

（男を簡単に家にあげるのはどうかと思うけど……陽キャって、そういうもんなのか？）

あれだけ美人なのだ。彼氏の一人くらいいたとしても不思議ではない。

異性への耐性は、自分よりも数倍高いだろう。

(ていうか、こういうのって普通逆だよな)

バスタオルで身体を拭きながら、京介はため息を漏らした。

怪我《けが》をして一人暮らしの同級生の家へ。漫画や小説ではありがちな展開だが、多くは男が世話を焼く方で、洗濯されるのも服を借りるのもヒロインの方だろう。

あまりの情けなさに若干の頭痛を覚えながら、彼女のジャージに手を伸ばす。

広げてみると、胸のあたりには大きく「6年2組　佐々川綾乃」と書いてあった。どうやら小学生の時のものらしい。

「あ、あいつ……っ」

確かに自分は小さい。いつの間にか身長は伸びなくなったし、靴のサイズもずっと変わらない。

だが、流石《さすが》に小学生の綾乃よりは大きい自信があった。

怒りに唇を噛《か》みながら袖を通す。

ピチピチのパッツなところを見せて、チビ扱いしたことを悔い改めさせてやろう。

「……」

袖も裾も余っていた。

♥

脱衣所に服や絆創膏《ばんそうこう》を置いてリビングに戻り、ぼふんとソファに身体を倒した。

（や、やっちゃったぁあああああ‼）

髪を乱暴に掻《か》き回《まわ》しながら、芋虫のように身体をよじった。

顔をクッションに押し付けて声にならない絶叫を上げ、長い両足をバタバタと動かす。

（いきなり家にあげたりしたら、変な勘違いされちゃうじゃん！　ば、ばかっ、私のバカ！）

二人で辿《たど》った家路。何気ない話をしながら歩いていると、彼は突然転倒した。

酷《ひど》い出血で気が動転し、思わず家に招き入れてしまったが、今になって自分がしたことの迂闊《うかつ》さに頭痛を覚える。

（手慣れてるとか思われて、変な噂《うわさ》流されたらどうしよう）

不穏な未来が脳裏をよぎった。

一人暮らしのくせに、たいして仲良くもない男子を平気で家にあげる女。

そのように思われ、周りに吹いて回られたら、高校生活が終わってしまう。中学生の頃など比較にならないほど、酷い状況になってしまう。

（何とか口止めしないと……）

　十万か、二十万か。

　無意識に金額を計算し始めて、雨風がベランダのガラスを揺らす音で正気に戻った。

　身体を起こして、開きっぱなしのリビングの扉の先、玄関に置かれたずぶ濡《ぬ》れの折り畳み傘を見る。

「あぁ……ほんと、私のばかっ」

　奥歯を食いしばって、クッションを軽く殴った。

　きっと彼は、変な噂を流したりしない。お金も受け取らない。

『てか、みんなって誰だよ。僕を勝手に入れるな』

　今日の昼休みに、彼はそう言った。

　確かにそうだ。今までのみんなとは違う。お礼を断った人などいなかったし、足場も悪いのに息を切らすほど急いで戻って来てくれた人もいない。

　そういう人だから、咄嗟《とっさ》に引き留めた。一緒にいたいと、強く思った。

「……ふぅ」

　息をついて天井を仰ぐ。

　まだ、シャワーの音が止《や》まない。

少しだけ、ドキドキする。

「ち、ちがっ、違う違うっ。そういうんじゃ、ないし……っ」

パシッと両頰を叩いて、高まる鼓動に言って聞かせた。

これは、友達ができたことが嬉《うれ》しくてのドキドキだ。断じて変な意味などない。

「うぅー……」

クッションを強めに抱き締めて、熱の溜《た》まった頰を擦《こす》りつけた。形容し難《がた》いこの気持ちを、動物のような唸《うな》りと共に吐き出しながら。

♠

脱衣所を出てリビングの扉を開けると、綾乃はソファの上で三角座りをしていた。

十畳余りの空間には、一般的な家電と家具が並ぶ。可愛《かわい》らしい雑貨がささやかに部屋を彩り、嗅いだことのないいい匂いが緊張を誘う。

「ぶかぶかだね」

「うるさい」

袖と裾を捲《めく》って歩く京介に、綾乃はニヤリと笑った。すかさず毒づくと、彼女は更に頰を綻ばせる。

「何で立ってるの。座りなよ」

　ぽんぽんと、綾乃は自分の隣を叩《たた》いた。

　目のやり場に困りながら、その誘導に従う。

　彼女は制服を脱ぎ、白いＴシャツとデニムのショートパンツを穿《は》いていた。特徴のある服装ではないが、健康的な白い肌がＬＥＤのもとに晒《さら》され、その存在感を際立《きわだ》たせる。

「痛い？　家まで歩けそう？」

「大丈夫、だと思う。そんなに遠くないし」

　膝に貼った絆創膏を撫《な》でながら言うと、綾乃は安堵《あんど》の息を漏らした。

　続く言葉はない。こちらから何か話題を出すべきか迷ったが、今日の天気とか、明日の天気とか、空模様ネタ以外に何も出ないため口を噤《つぐ》む。

「ありがと」

　沈黙を破ったその声を追うように、右隣へ視線を流した。

　深い青の瞳がこちらを覗《のぞ》いている。細い指で横髪を耳の後ろにかけて、へにゃりと溶けるように口元を緩める。

「傘のことなら別にいい。カバンにたまたま入ってただけだし」

「だからって、わざわざ学校まで戻って来ないでしょ」

「……いいやつになりたい気分だったんだよ」

「藤村って強情だよね。恩着せがましくしたら、私に色々要求できるかもしれないのに」

色々要求。その言葉が耳を通過するのと同時に、京介《きょうすけ》の脳内を様々な妄想が駆け巡った。

いかんいかん、と首を横に振る。別にそんなことは望んでいない。彼女もそのような意図で言ったわけではないだろう。

「もったいないよ。もっとみんなと仲良くした方がいいって」

「僕がどう過ごすかなんて、佐々川《ささがわ》さんには関係ないだろ」

「みんなで買い物行ったり、カラオケ行ったり、たぶん楽しいよ?」

「いいって。本当に要らないから、そういうの」

「そっか」

綾乃はそう呟《つぶや》くと、間髪容《い》れずに上半身をこちらに寄せてきた。

視線と視線が至近距離で絡《から》み合《あ》う。手と手が、肩と肩が、太ももと太ももが、触れ合って熱を持つ。

「じゃあ、私が藤村をひとりじめできるね」

冗談っぽく言いながらも、蠱惑《こわく》的な光を帯びた双眼は、京介をしっとりと見据えていた。

頬は紅潮し、薄く開いた薄紅色の唇からは熱っぽい息が漏れる。

京介は心臓が高鳴るのを感じながら、邪念を振り払おうと母親の顔を思い浮かべる。

「…………ん?」

一つ、違和感を覚えた。

「ちょっと触るぞ」と一言添えて、綾乃の額に手をやる。

綾乃は小さく息を切らしながら、虚《うつ》ろな目をしていた。額にはじっとりと汗がにじみ、手のひらに感じる温度は平熱のそれではない。

(そういえば、くしゃみしてたっけ)

玄関を出た時のことを思い出す。

鼻水を垂らして笑うあの顔は、今でも鮮明に覚えている。

「大丈夫か? 熱あるみたいだけど」

「えっ?」

綾乃は自分の手を額に当てた。瞬間、さーっと顔から血の気が引く。

「薬、飲まないとっ」

急に立ち上がったその身体《からだ》は、ふらりとよろめいて傾いた。

このままではテレビに頭を打ち付けてしまう。京介は手を伸ばし、彼女の腕を引っ張り体勢を立て直す。

「場所だけ教えてくれれば、僕が持ってくるから」

「え、でも……」

「風邪っぴきがふらふらしてるところを、ただ見てろって言うのか?」

我ながら卑怯《ひきょう》な物言いに、綾乃《あやの》は閉口した。

彼女を座らせ、まず体温計で熱を測らせた。三十八度ちょうど、身体がふらついて当然だ。

「何でこうなるかな……」

体温計の表示に視線を落としながら、ため息まじりに呟いた。

「新生活で疲れが出たんだろ。昨日と今日で気温差もあるし」

「でも……でもさ、千沙《ちさ》と薫子《かおるこ》が、明日どっか行こうって言ってくれてね。それで、嬉しくって……」

聞き覚えのある名前だ。確か綾乃が教室でよく話している二人組の女子、放課後陰口を叩いていた連中で間違いない。

何故《なぜ》、彼女らは嫌う相手を遊びに誘ったのだろう。おおかた、モデルをやっている子と友達、というステータスが欲しいだけだとは思うが。

「どうしよう……っ」

消え入りそうな声を漏らし、膝を抱え込んで小さく縮こまった。

自分よりもずっと背が高く、既に仕事もこなし大人の仲間入りをしていて、たくさんの人に明るく振る舞うことができる彼女が、今はただの年相応の女の子だ。

「とりあえず、何かちょっと食べて薬飲んで寝ろよ。僕は勝手に帰るから」

「……明日までによくなってるかな」

よくなってるんじゃないか、と返すのは容易《たやす》い。気休めでも、それで彼女の気持ちが落ち着くならそうすべきだろう。

他人《ひと》様の交友関係だ、深入りする義理はない。

そうとわかっていても、どうしてもあの陰口が頭をチラつく。虫唾《むしず》が走る。

「無理だった時は、僕が買い物でもカラオケでも付き合うから。ひとりじめするって、さっき自分で言っただろ」

凄《すさ》まじく恥ずかしいことを言っている自覚はあった。

だとしても、明日に期待させるのは違う。

独善的で傲慢だと自覚しているが、友達面《づら》して陰で嗤《わら》うような連中と付き合うのはやめた方がいい。

「本当……？」

「こんな時に嘘《うそ》つけるほど器用じゃない」

安心したのか、伏せた顔から覗く唇の端が少しだけ綻ぶ。

すっと、綾乃は左手の小指を見せた。その意図を理解し、逡巡《しゅんじゅん》ののち京介も同じく小指を差し出して、子供の頃やったように絡ませる。

「ゆーびきりげんまん」

「や、やめろよ恥ずかしい。わざわざ歌わなくていいだろっ」

「でも、ちゃんとしないと約束にならないし……」

「大丈夫だから。心配しなくても、僕はちゃんと守るから」

「破ったら針飲む？」

「飲む飲む。何でも飲む」

「……わかった」

懸命に言い聞かせると、綾乃はこくりと頷《うなず》いた。小指をほどいて、えへへと幼い笑みを作って視線を落とす。

京介は息を漏らし、胸に手を当てた。

慣れない女子との触れ合いで心臓が痛い。遊びの約束まで取りつけてしまい、自分のお人よしさ具合に眩暈《めまい》がする。

「ん？　えっ。お、おいっ」

ほんの一分程度の沈黙の間に、綾乃はソファに座ったまま寝息を立てていた。

声をかけるが反応はなく、脱力し切った顔をさらしている。

（男子の前で堂々と寝るなよ……）

綾乃の迂闊《うかつ》さを心配しつつ、初めて見る家族以外の異性の寝顔に頬が熱くなった。

ひとまず部屋の隅のハンガーラックから前開きのパーカーを取り、彼女の身体にかぶせた。本当は寝室に運ぶべきだと思うが、そのために無理やり起こすのは気が引ける。

「……ふじ、むら」

突然の呼びかけに驚くも、どうやら寝言らしい。

「ひとりじめ、ね……ふふっ……」

微笑を浮かべて小さく身動《みじろ》ぎし、再び深い眠りに落ちて行った。

その様はあまりにも可愛《かわい》らしく、

「おっ、おう……ふ……」

恥じらいと喜びが入り混じった、凄まじく気持ち悪いにやけ笑いが口元を支配した。すぐさま両手で覆い隠し、ぶんぶんと頭を振って追い出す。

（バカか僕は！　バカバカ！　ただの寝言だぞ‼）

綾乃を起こさないよう静かに暴れのたうち、その過程でテーブルの角に足の小指をぶつけて悶絶《もんぜつ》し、ようやく邪念が消《き》え失《う》せた。やや冷静になった頭で、再び彼女を見やる。

（僕なんかひとりじめして、何が面白いんだ？　陽キャってこういうもんなのか？　距離感バグり過ぎだろ……）

陽キャという底知れない異生物の奇行に困惑しながら、ぽりぽりと後頭部を掻《か》いた。

第4話　初めてだから

♥

「男女、休日、遊ぶ……っと」

数日後。

熱はすっかり下がり、気怠《けだる》さも寝汗と共に溶けて消えた。

安静にしていれば明日か明後日《あさって》には学校に通えそうなまでに回復し、まず最初にとりかかったのは、京介と何をして遊ぼうか考えることだった。

男女複数人で遊びに行った経験はあるが、二人っきりというのはない。

こういう時に頼れる友達もいないため、検索エンジンのお世話になることにした。

スマホを手に寝転がり、男女がどのように遊ぶのが一般的か調べるが、おすすめのデートスポットばかり表示され反応に困る。

（デート……デート、じゃないよね……？）

一応デートの定義について調べようと打ち込むが、何だか恥ずかしくなり全て消した。

「何がいいんだろ」

京介《きょうすけ》は買い物でもカラオケでも付き合うと言ったが、この二つはない。

まず買い物。欲しい服も靴もあるが、選ぶのに時間がかかってしまう。ついでに化粧品、アクセサリーと見ていたら日が暮れる。彼からすれば、あまりにも無為な時間となるだろう。

カラオケに関しては、上手《うま》くないので却下だ。大勢の場合は雰囲気で何とかなるが、マンツーマンでは相手の歌を聴く以外にやることがない。下手くそだと幻滅されるのは困る。

(動物園も水族館もちょっと遠いし。美味《おい》しいもの食べに行くにも、藤村《ふじむら》のお財布事情がわからないしなぁ。あ、でも私が出せば——)

と思いかけて、首を横に振った。

もう今までとは違う。彼はそういうことを望まないでいてくれる。それが、どうしようもなく嬉《うれ》しい。

(こんなに楽しみなことだったんだ。友達と遊びに行くのって……)

自分にとって遊びに行くという行為は、孤立していないことの証明だった。

この人たちと仲がいい。そう思いたいから、相応の額を払う。

もちろん、全く楽しくなかったわけではないが……。

今の気持ちが本物で、これまでが偽物《にせもの》だったような気がして仕方ない。

（……どうやったら喜んでくれるかな）

時計の針は軽快な足取りで回るが、案は一向にまとまらない。

それでも、口元からは黄色い感情が漏れる。

♠

土曜日の駅前。

京介は壁に背を預け、スマホで時刻を確認した。午後一時二十分、約束の時間を二十分もオーバーしている。

「自分から誘っといて遅れるなよ……」

小さく文句を吐き捨てながらも、身体《からだ》は緊張を隠せずそわそわと揺れている。

一昨日《おととい》のことだ。久しぶりに登校した綾乃から、土曜日に遊ぼうと誘われた。何をするのかは当日まで秘密だという。

（……今更だけど、これっていわゆるデートだよな）

遊びに誘ったのは自分だが、まさか本当に実行されるとは思わなかった。休日に二人っきりで会っているところを誰かに見られたら、確実に面倒なことになってしまう。

とはいっても、彼女にまとわりつく事情の一部を知った手前、絡《から》むな近寄るなと拒絶する気はもう湧いてこない。

適当に遊んで、さっさと終わらせよう。今日一日で彼女は気づくはずだ。こいつは面白くない、と。

「ごめん！　遅くなっちゃった！」

カッカッという鋭い足音。

伏せた瞳を上げると、まず柔らかなグレーのパンプスが目に入った。長く細い足を更に強調する紺のハイウエストデニム、年齢不相応の胸部を見せつけるような半袖のリブニットを着込み、麻色のテーラードジャケットを肩掛けしている。

アイロンでアレンジした、外巻きカールの黒髪がふわりと揺れた。

「ど、どうしたの？」

「あ、あぁ。うん、大丈夫」

京介は緩む口元を隠すように顔を逸《そ》らした。

綺麗《きれい》だとか、美しいとか、月並みな言葉が脳を占拠した。

遅いぞと言ってやるつもりだったが、そんなことがどうでもよくなるほど、彼女の美貌には異様な説得力があった。制服を着ていても綺麗だし、あの雨の日に見た適当な部屋着も似合っていたが、これは別格である。事実、周囲からの視線を掻っ攫《さら》い、誰もが一度は彼女に目を配る。

「それより、何かあったのか？　用事とか、そういうの」

「ううん。ちょっと捜し物。これが見つからなくて」

右耳に触れると、ガラス細工のイヤリングが光を乱反射して自己主張した。

「お気に入りなんだ」

ふふっ、と頰に朱色の花を咲かして、その場でくるりと回った。毛先が京介の鼻を掠《かす》め、ふわりとシャンプーの香りを残す。

「どう？」

見た目とは正反対な幼い笑みを浮かべて、自信ありげに首を傾《かし》げる。

似合うか否《いな》か、問いの答えは決まっていた。だが、京介は赤くなった顔を晒《さら》すばかりで、唇は言葉を紡《つむ》がず開閉を繰り返す。

「可愛い？」

「い、いや……」

「じゃあ、可愛くないんだ」

「違っ、あ、えっと」

「ハッキリ言ってくれないとわかんないよ」

「……か、かわ、……い……」

「え、なんて？」

「だか、らっ……」

わざとらしく聞き返す綾乃《あやの》。

京介は頬を羞恥の色に染め上げて口ごもる。

「……あの、勘弁してもらっていいですか」

今にも火を噴きそうな顔を覆い隠し、か細く訴えた。

「ふふっ、よかろう」

綾乃は満足したらしく、ぽんぽんと京介の頭を優しく叩《たた》く。

これが陽キャのスタンダードなのか、と京介は肝を冷やした。顔は熱いし腹の中は冷たいしで、温度差でどうにかなりそうだ。

「藤村は……うん、何か藤村っぽいね」

上から下まで黒一色の京介を見て、綾乃はふむふむと頷《うなず》いた。

「褒めてるのか？」

「今度、もっと似合うの選んであげる」

「ほっといてくれ」

「約束ね」

「……え、いや……」

あの日のように、小指を差し出す綾乃。

京介はあちこち視線を泳がせ、パシッと軽くその手を振り払う。もうこれ以上困らせないでくれ、と綾乃を睨《にら》む。彼女は鈴が鳴るように、コロコロと笑っていた。

「……あっ」

見知った女子二人が、楽し気に話しながら脇を通り過ぎて行った。

千沙《ちさ》と薫子《かおるこ》。二人は京介には目もくれず、綾乃の顔をちらりとうかがっただけで、特に会話もなく駅へ向かう。

「だ、大丈夫か？」

綾乃は結局、あの二人と遊びに行くことができなかった。その影響か、風邪が治って登校を再開して以降、教室に綾乃と彼女らの会話はない。

気まずい思いをしたのではと心配になり、綾乃の顔色をうかがった。彼女は困ったように眉を寄せて、

「別に気にしてないよ。約束破っちゃったの、私だし。それにさ……」

「それに？」

「今は、藤村がいるから平気だよ」

そう言って、ふふっと微笑《ほほえ》む。

瞬間、何かを思い出したのかハッと目を剝《む》き、頬を真っ赤にする。

「ひ、ひとりじめするとか言っちゃったけど、あれ変な意味じゃないからね！　友達としてっ、友達としてだから！」

「あ、あぁ」

せっかく忘れていたのに蒸し返され、押し殺したはずの羞恥心が復活した。

まずい。綾乃を直視できない。

息が詰まるような無言の間に耐えかねて、コホンと大きめに咳払《せきばら》いする。

「それで、今日はどこまで行くんだ？」

空気を一新するため、それらしい話題を投下した。

わざわざ駅前に呼び出したということは、電車に乗って遠出するのだろう。

四駅も跨《また》げばここよりずっと賑《にぎ》やかな街に出るし、更に行けばオタクストリートやラーメン激戦区などのサブカル特化な街がある。遊ぶ場所には事欠かない。

「あそこ」

と、綾乃は指を差した。駅の向かい側の方向を。

指し示す方へ視線を向けると、そこにはレンタルビデオショップがあった。


「藤村はどういう映画が好き？」

最新作がずらりと並ぶ棚の前に立ち、綾乃は適当な一本を取ってあらすじに目を通していた。

その後ろの棚で準新作の邦画を眺める京介は、「何でも観《み》るけど」と返す。基本的に金曜ロードショー以外で映画を観ない京介には、好き嫌いをするほどの経験値が無かった。

少女漫画の実写版は何となく忌避しているが、そうでなければ問題はない。

「どうせなら、一人じゃあんま観ないのがいいかな」

「映画に一人も二人もないだろ」

「でも、こういうのって誰かいないと観ようと思わないし」

言いながら見せてきたDVDのパッケージには、「直近50年のホラー映画の中の最高傑作」「21世紀最高のホラー映画」といった言葉が書かれていた。B級映画特有のバカっぽさはなく、至極真面目なホラー映画だと素人目《しろうとめ》にも理解できる。

「僕は大丈夫だけど、佐々川《ささがわ》さんはいいのか。夜になって思い出しても知らないぞ」

「藤村《ふじむら》こそ、トイレとか行けなくなったり、シャンプーするのが怖くなったりするんじゃない？」

「するわけないだろ。子供じゃあるまいし」

「私だって平気だよ」

お互いにお互いを小馬鹿にしたような態度により、どちらも代案を出すことなくこのDVDのレンタルが決定した。

「もう一本くらい借りよっか」

「僕のことはいいから好きなの選べよ。観たかった映画とかあるだろ」

「いいの？　じゃあ……」

綾乃が手を伸ばしたのは、いかにもなパッケージの恋愛映画だった。

「ちょ、ちょっと待て」

この手の映画には、濃厚な濡《ぬ》れ場《ば》やキスシーンが付きものだ。親とでさえ一緒に観るのを躊躇《ちゅうちょ》するのに、同級生とそんな場面に出くわすのは気まずいにも程がある。

「それはダメ。それ以外でっ」

「えぇー？　好きなの選べって言ったのに」

「いやでも、わかるだろ？　そういうのはさ、絶対気まずくなるって！」

「気まずくなる……？」

身振り手振り説得するのだが、綾乃は薄口を開けてぽかんとしたままだ。

十数秒経《た》ってようやっと事情を把握したのか、綾乃はハッと目を見開く。しかしその表情は、次にはニヤニヤと悪い笑みに変貌していた。

「おやおやぁ？　おませさんだなぁ藤村は」

「親戚のおばちゃんみたいな言葉使うなよ」

身を屈《かが》めてこちらの顔を覗《のぞ》き込む綾乃。

京介《きょうすけ》は頬に朱を差して、彼女の視線から逃れるように顔を背けた。

「佐々川さんは慣れてるからいいだろうけど、僕には縁のないことなんだ。恥ずかしくて何が悪い」

「慣れてるって、何が？」

「だ、だから……彼氏の一人や二人いるだろ。それで、その、キスシーンとか、抵抗がないんじゃないかって……」

佐々川綾乃は、贔屓目《ひいきめ》に見なくても他とは一線を画す美少女だ。パーツの一つ一つが、神から愛されているのでは、と思ってしまうほど整っている。これだけ綺麗な女性に、恋人がいない方が不健全だろう。

「僕を簡単に家に入れたのだって、そういうの慣れてるからだろ?」

ちらりと、明後日《あさって》の方向へやっていた視線を綾乃に戻した。

リップグロスを塗った瑞々《みずみず》しい唇が、少しずつ開いてゆく。そのまま目を上に向けると、彼女は今にも破裂しそうなほど赤面していた。

「彼氏なんかいないよっ。いたことないし!」

半ば怒鳴るように、綾乃は声を張り上げた。その瞳は必死そのもので、嘘《うそ》だと疑う余地を与えない。

ふぅ、と綾乃は息を漏らした。まぶたをぱちくりとさせて、「い、いないからね」と落ち着いて繰り返す。

「ご、ごめん、気に障《さわ》るようなこと言ったみたいで」

「怒ってるわけじゃないよ。でも、えっとね」

視線を泳がせながら、唇をもぞもぞと動かした。途中から何を話しているのかわからず、言葉として受け取れない。

京介は眉をひそめて、「どうしたんだ?」と復唱するように言う。しかし綾乃は、頬を紅潮させたまま瞳を伏せ何も答える様子がない。

「これ、やっぱりなし」

「え？」

「私、ジブリが観たいな」

と言いながら恋愛映画を棚に戻し、すたすたと歩いて行った。

そのやや強引な振る舞いには、これ以上この話題に触れるなという意思が込められており、京介は黙ってその背中を追う。

♥

「お、怒ってるわけじゃないよ。でも、えっとね、家に入れたのだって藤村が初めてだからっ」

そう口にしながら、段々と恥ずかしさが込み上げてきた。

（これだと、藤村に気があるみたいじゃん……！）

当然だが、嫌いではない。

高校に入って出来たどの友達よりもいい印象を抱いているため、普通という感情に分類されるかといえばそれも違う。

綾乃の頭の中を疑問符が駆け巡った。消去法で言うなら残るは一つだけ。

いやいや、と瞳を伏せる。嫌いではないし、普通ではない。たったそれだけの理由で、そういうことになってしまうのか。

「どうしたんだ？」

風邪の時から胸の奥に灯《とも》ったままの熱は、今日に至っても温度を変えずそこに鎮座していた。京介の声に、火はわずかに揺れ動いて心をチリチリと焦がす。

「これ、やっぱりなし」

「え？」

「私、ジブリが観たいな」

この話題についてこれ以上言及されないよう、できるだけ速足でアニメの棚へと移った。どれにしようかと迷うよりも先に、未《いま》だざわめく熱を冷ますように小さく深呼吸した。彼に余計な心配をかけさせないよう、ゆっくりと。

「そういえば、何で映画観ることになったんだ？　出かけるって自分で言ってただろ」

京介なりの助け舟か、その疑問で幾分か頭の切り替えができた。綾乃《あやの》は胸に手を当てて息を漏らし、彼の方へと向き直る。

「そのつもりだったけど、どこに行ったら藤村が喜んでくれるのかわからなくってさ」

「だから、家で映画鑑賞か」

「男の人と二人でどっか行くなんて初めてだし。映画だったら嫌がられないかなって。私が映画好きなだけ、かもだけど……」

あれだけ悩んで、たくさんの案を出して、それでも結局まとまらなかった。そして、待ち合わせ場所までの道中で思いついたのが映画鑑賞だ。

（もしかして、嫌だったのかな？）

画面の前で二時間も三時間も座っているのが苦痛な人だっている。彼がそういうタイプだったとしても、責められた話ではない。

ふと、彼を見る。不機嫌にさせていないか、心の淵《ふち》に冷や汗を溜《た》めながら。

京介は、神妙な面持ちで固まっていた。

数秒置いて、ふっと彼は顔を上げる。文句を言われるのではと若干身構えるも、彼の口は「ごめん」と謝罪の言葉を紡《つむ》ぐ。

「そもそも僕が誘ったわけだし、佐々川さんに全部任せるのは違うよな。僕、誰かを遊びに誘うってことほとんどしたことなくて。何ていうか、手順がわからなかった」

気恥ずかしそうに、申し訳なさそうに、ゆっくりと綴《つづ》った。

安堵《あんど》よりも先に、嬉《うれ》しさが冷や汗を焦がした。

そういう言葉選びをするから、彼はずるい。恩は着せないし、こちらの責任は奪おうとする。こうも優しくされると、甘えたくなってしまう。

「じゃあ、次にどっか行く時は藤村も一緒に予定立てようね」

「次って……え？」

「私、藤村の服買いに行きたい」

「だから、それは行かないって」

「それはってことは、他のとこならいいの？」

「……僕以外と行けよ。友達なら他にいるだろ」

「ふーん。今日の予定、全部私に任せたくせに」

「その言い方は卑怯《ひきょう》だろ……」

大きくため息をこぼして面倒くさそうにしながらも、どこか柔らかで温かい京介の声音。

こうして次の約束をとりつけたのだから、自分の選択は間違っていなかった。そう納得して、愛着が湧きつつある彼の困り顔を眺め、ぽんっとその頭に手を置いた。

第5話　藤村がいいの

♠

映画を二本借り、途中コンビニで各々《おのおの》ドリンクを購入し、綾乃の家へ向かった。

またしても女子の部屋にあがる。緊張していないと言えば嘘になるが、実際思ったほどではなかった。

風呂《ふろ》を使わせてもらい、お古の服まで借りているため、耐性が付いたのだろう。不本意ではあるが。

「佐々川《ささがわ》さんって、ここに住み始めて長いのか？」

リビングに通されソファに座った京介は、上着を寝室へと持っていく綾乃を尻目に尋ねた。

質問に特別な意図はない。ただ、高校生になってから住み始めたにしては、玄関にしてもリビングにしても生活感があった。たかだか一週間、二週間程度では、こうはならないだろう。

「中学三年生の春過ぎから住んでるから、そろそろ一年になるかな。親とちょっとあってね。一人暮らしの方がいいんじゃないかって、親戚の人たちにすすめられてさ」

開けっ放しの寝室から聞こえてきた声に、京介は「そうか」とあえて興味なさげに返した。

家庭内のいざこざ絡《がら》みなら、あまり触れるべきではないだろう。向こうも話したいとは限らないし、仮に話されても受け止められるかわからない。

「藤村《ふじむら》ってどんなとこ住んでるの？」

ジャケットを脱いだ綾乃はその足でキッチンへと向かい、ガサゴソと何やら忙しそうにし始めた。「聞いてる？」という声に、京介の意識は息を吹き返す。

「普通の一軒家だよ。どこにでもある感じの」

「兄弟は？」

「妹が一人いるけど」

「いいなぁ。うち一人っ子だから」

「バカだし騒がしいし、いいもんじゃないぞ」

「藤村より小さいの？」

「うるさい」

その質問への回答はイエスでもノーでもない。身長がまったく同じなのだから答えようがない。

しかし、それを口にすれば弄《いじ》られることは必至だろう。

「でも、正直羨ましいよ。藤村くらいの身長って」

「僕が短気だったら、今怒り狂ってたぞ」

「いや嫌味じゃなくって。やっぱり、変に大人に見られたりするのプレッシャーだし。私も頭とか撫《な》でられたり、甘えたいなって思うことあるしね」

やや真剣みのある声音に、京介《きょうすけ》の中で吹きこぼれそうだった嫉妬という名の熱湯は、すーっとその温度を落としていった。

(それは……まあ、そうか……)

こうして話せば彼女が年相応に、というか年齢よりも若干幼い性格だとわかるが、黙って真剣な顔をしていたら大学生以上にしか見えない。

まして、今日のようなファッションだと余計に大人びて見える。彼女自身、自分に可愛《かわい》い系がそぐわないと判断しての服装だろう。身体《からだ》つきのせいで衣服に制限が生じるのは素直に可哀《かわい》そうだと思う。

「だから、藤村に似合う服を着せてあげたいわけ。ロリータ系とか」

「おい。話が明後日《あさって》の方向にぶっ飛んでないか」

「絶対に似合うって。中性的な顔してるし、肌も綺麗《きれい》だし。大丈夫、私がメイクしてあげるから！」

「大丈夫の意味を辞書で調べてこい」

語気を強めて自信満々に言う綾乃に対し、京介は間髪容《い》れずにそう返した。

ロリータ系といえば、フリフリでふわふわな可愛い服の代表格だ。そのような服に袖を通してにっこりと笑う自分が脳裏を過《よ》ぎり、胸中に形容しがたい気持ち悪さが渦巻く。

「よーし、できたっ」

と、キッチンから声がした。

カウンタータイプなため、顔は見えても手元が確認できない。「何ができたんだ？」と尋ねると、綾乃はにんまりと笑う。

「こういうのは、雰囲気作りが大切なのだよ」

得意げに言いながらひょいっと持ち上げたのは、映画館やテーマパークでよく見られるタイプのドリンク容器だった。大きな紙コップに半透明のプラスチックで蓋をし、ストローをさして飲むアレ。買ってきたドリンクを氷と共に入れたらしく、小さく振ればガラガラと音がする。

「もちろん、ポップコーンもあるよ！」

ふふんと鼻高々に、これまた映画館等《など》でよく見るタイプの紙容器に盛られたポップコーンを見せつけた。

「そんなのまで買って、普段一人で映画観《み》てるのか……？」

「一人じゃここまでしないよ。友達が来たら、一緒に映画館ごっこしようと思っててさ」

「運ぶの手伝って」と綾乃に促され、京介はやれやれと腰を上げた。「友達か」と小さく呟《つぶや》いて、後頭部をポリポリと掻《か》く。

ドリンクを二つ受け取ってソファに戻りテーブルに置いた。彼女も隣に腰を下ろし、ピッとリモコンで照明を常夜灯に切り替える。

「どっちから観る？」

ポップコーンを何粒か頬張りながら、綾乃は二枚のＤＶＤをテーブルに並べた。薄闇の中、油分を帯びてわずかな光を反射する唇に、京介は一瞬目を奪われる。

「僕はどっちでもいいけど」

「じゃあ、ホラーにしよっか。気になってたし」

テレビ台の扉を開けて、ＤＶＤを再生プレイヤーにセットした。「始まるぞぉ」と今から オモチャの封を切る子供のような表情で、どかっとソファに座り直す。

「ねえ、せっかくだしゲームしようよ」

いかにもなB級映画の予告編の映像が、ピカピカと壁や天井を照らす。綾乃《あやの》は画面に顔を向けたまま、瞳だけをすっと隣に流す。

「ゲーム？」

「先に悲鳴あげた方が、もう一人の言うこと何でも聞く。どう、面白くない？」

「何でもって……」

「あっ。じょ、常識の範囲でね！　常識の範囲だから！」

何を想像したのか、綾乃は慌てた様子で同じことを繰り返した。

ふむ、と京介は目を細める。向こうが声をあげるだけで、自分以外の誰かと遊びに行くよう指示できるなら、悪くない提案かもしれない。

「いいぞ。やっても」

「やった！　私が勝ったら、藤村を着せ替え人形にするから」

「常識どこ行った」

この勝負、勝利はせずとも敗北はないだろうと、京介は確信していた。

美味《おい》しいものを食べた時、人間の反応は二つに分類される。感動を口に出すタイプと、頭の中でじっくりと堪能《たんのう》するタイプ。京介は後者だった。

知識を紹介するバラエティー番組を観てもわざわざなるほどと声に出さないし、ドラマが怒濤《どとう》の展開だったとしても驚きを口にはしない。ホラーに対し特別免疫があるわけではないが、怖いからといって悲鳴をあげたことなど一度もない。

対する綾乃はどうか。

あくまで京介の勘だが、彼女は前者だろう。美味しいものを食べたら大騒ぎしそうだし、面白いものがあったら口に出すに違いない。

（陽キャって、そういう生き物だしな）

偏見に満ちた思惑を走らせながらも映画に集中する。

舞台は、何でもない田舎町。メインキャラクターは、母親とその息子。まだ全貌は摑《つか》めないが、序盤から不穏な描写の連続で嫌な汗が出てきた。

ふっと、横目に綾乃を一瞥《いちべつ》する。

薄《う》っすらと唇を開き、食い入るように画面を見つめていた。まだそこまで面白い場面ではない。その真剣な面持ちに、本当に映画が好きなのだなと、彼女が今日を映画鑑賞会に設定した所以《ゆえん》を理解する。

（こいつ、本気で僕に女装させるつもりだったのか……！）

今の様子だけを見れば、綾乃が声をあげることはなさそうだ。

京介は気づいた。彼女が、自分に有利な勝負を持ち掛けたのだと。

少し考えれば当然のことだ。何でも言うことを聞く、というリスキーな罰があるのだから、向こうに勝利への確信がない方がおかしい。

だが、問題はない。

彼女がリアクションを取らない人種だったとしても、それは京介にとって何の不利でもない。

どちらも普通に観て、普通に終わる。それだけで、ゲームは勝者不在で終了する。

それでいい。京介は肩に入っていた緊張を解いて、ソファのクッションに深々と体重を預けた。

一時間が経過した。

物語はクライマックスへと舵《かじ》を切り、これまでの不気味な伏線を次々と回収してゆく。

グロテスクな怪奇現象、人間の怖さ、不快なＢＧＭ。画面から発せられる全ての要素が、恐怖心を掻き立てる。

が、しかし。

京介の頭は、今、まったく映画に集中できていなかった。俳優や女優の絶叫も、驚かせる演出も、奇妙な特殊メイクも、全て脳みそを素通りしてゆく。

面白くない、というわけではない。

ゲームに負けたくないがために、あえて意識を逸《そ》らしているわけでもない。

理由は、京介の右手にある。

膝の上に置いていたその手の上に、綾乃の左手が重なっていた。じっとりと汗ばむ彼女の手のひらは、京介の手の甲をガッチリと摑んで離さず、少しずつその力を増してゆく。

（こ、こいつ、気づいてないのか……？）

綾乃を見やるが、意識的にやっている素振りはない。ホラーは一人ではあまり観ないと言っていたため、そもそも得意なジャンルではないのだろう。

そうこうしているうちに、ギャーッと女優の悲鳴があがり、同時に力強く握り締めてきた。

女の子と手を繫《つな》ぐ、という幼稚園児以来のイベントに、京介の心臓は飛び出そうなほどに高鳴っていた。

もはや嬉《うれ》しいという感情はなく、恥ずかしさと邪念を抱いていることへの申し訳なさで、今すぐこの場を逃げ出したい気持ちに駆られる。

「…………っ‼」

突然、画面にバンッと人の顔が張り付いた。

綾乃は声にならない悲鳴をあげて、京介の腕を抱き寄せた。

半袖のニットの内側、下着のやや硬い感触と高まった体温が腕から伝わり、京介もまた心の中で絶叫する。

(何してるんだ僕は！　言えよ！　離してくれって言えっ‼)

乾き切った喉は、かひゅーっと掠《かす》れた音を奏《かな》でるばかり。この程度で綾乃の気を引けるわけもなく、肘は今も胸部にめり込んだままだ。

落ち着け、落ち着け。京介は息を整え、時計を確認した。

もうじき映画は終幕だ。その時に離して貰《もら》えばいい。これだけ集中しているのだから、余計なちょっかいをかけて阻害するのは気が引ける。

(……何かやだな、言い訳みたいで)

やわらかいし、温かいし、いい匂いがする。

今この状況を、得をしている、と思っている自分がいないわけではない。頭の中の理性が、今にも陥落しそうなのは事実だ。

「────ツッ‼」

おそらくは、この作品最大の見せ場。最凶の恐怖シーン。

綾乃は声を噛《か》み殺《ころ》しながらも、しかし身体《からだ》は感情を隠すことができず、その長い両腕は京介《きょうすけ》を捕らえる。

手ごろなサイズの京介は、抵抗する間もなく抱き寄せられ、彼女の年齢不相応な部分へと顔面から衝突する。

その刺激は、京介には到底許容し切れるものではなく。

喉奥から吹き上げた絶叫は、間抜けな残響となってこだました。


「藤村《ふじむら》の負けだね」

エンドロール後、綾乃は開口一番にそう言った。

これ以上ないほどのどや顔で。

京介は苦虫を噛み潰したような表情で唸《うな》り、「いやでも」と眉をひそめて彼女を見上げる。

「自分が何したかわかってるだろ？　こんな勝負は無効だ」

抗議すると、綾乃はさっと視線を逸らした。

ああして抱き締めたのは、完全に無意識だったのだろう。赤く熟した頬が、故意ではないと証明している。全身から羞恥心をにじませながらも、唇を尖《とが》らせて「勝ちは勝ちだし」と子供のように呟く。

「むしろそっちの反則負けじゃないのか」

京介の主張に、一理あると思ったのだろう。綾乃はそれを否定せず、しかし肯定もせず、ぷいっとそっぽを向いて強硬姿勢を取る。

これでは平行線だ。お互いに無言の時間が数十秒続き、これではいけないと感じたのか、綾乃は軽く嘆息を漏らしながら京介に向き直った。

「じゃあ、どっちも負けってことにしよう」

「……は？」

「どっちも言うこと聞かせられる権利が一回分あるってことで。悪くない話でしょ」

話の落としどころとしては妥当だと思う。

だが、悪くないかどうかは微妙なところだ。それは結局、こちらが何らかの犠牲を払うことになるのだから。

「僕に女装させないって約束するなら、それで手を打ってもいいぞ」

京介の提案に対し、「ええーっ」と案の定不満を漏らした。

最初に宣言していた、彼女の願い。いくら罰ゲームとはいえ、着せ替え人形にさせられるのは困る。

「他のことならいいの？」

「まあ、そうだな」

「じゃあ……」

綾乃はきゅっと口元を結び、京介を見つめた。

♥

今度また、どこかへ遊びに行こう。

そう言おうとして、すんでのところで呑《の》み込む。

（もっとすごいお願いしないと、もったいないよね）

ただ遊びに行くだけなら、普通に誘えばいい。

何かあるはず。うーんと唸りながら腕を組むと、ある願いが浮上した。

「下の名前で呼び合う、とかは？」

「……えっ」

「あれ、ダメ？　名案だと思ったのに」

女子は下の名前、男子は苗字《みょうじ》呼び。異性からの自衛手段として、いつの間にか身についた意識だ。

特に労力はかからず、お金だって不要だ。故に名案だと確信したのだが、京介は酷《ひど》く気まずそうに顔を伏せる。

「佐々川《ささがわ》さん、男子は苗字呼びだろ。僕とだけ下の名前で呼び合うとか、絶対に変だって」

「……えっ？」

教室ではほぼ顔を伏せたままの京介が、どうしてそれを知っているのか。

驚いて上擦った声を漏らすと、彼はまずいと身動《みじろ》ぎする。

「藤村って、結構私のこと見てるんだね」

「別に、たまたま知ってただけだし」

動揺を隠しきれない物言いが面白くて、嬉しくて、綾乃《あやの》は噴き出そうな黄色い思いを口元に滲《にじ》ませる。

「とにかく、それは無理だって」

「何で？　女装以外ならいいんでしょ」

難しい顔で硬直する京介。

仕方ないなと綾乃は息をつき、お手本を見せるため唇を開く。こちらから呼び始めれば、向こうも観念して従うだろう。

「きょ、京す――」

言いかけて、不意に彼が顔を上げて目が合った。

瞬間、身体の内側からぐーっと熱がのぼって来て続く声を噛み殺す。

(え、な、なにこれ。ちょー恥ずかしいっ)

思い返すと、保育園や幼稚園の頃はともかく、小学校に入って性別を意識し始めた頃から一度も異性を下の名前で呼んだことがない。

おそらく、京介も自分と同じなのだろう。不慣れなことだから、やりたくてもできない。

どうにも恥ずかしくなってしまう。

「これは……うん、やめとこっか」

「あ、あぁ」

「でも、いつかは呼んで欲しいな。その時は、藤村からね」

「……善処する」

京介はふっと目を逸らして、小さく頷《うなず》いた。

(うーん、別のお願いかぁ……)

思案するも、これが中々に難しかった。

そもそも、誰かに何かをお願いした経験があまりない。中学時代はお願いされる側で、仕事でも基本的に受け身なため、何を要求すべきかわからない。

京介を見ると、不安げな表情で唇を緩く噛んでいた。歯医者でドリルの音に怯《おび》えながら自分の番を待つ子供のような面持ちに、少しだけほっこりする。

（……もう十分なんだろうな、私）

利害など関係なく、自分と関わってくれる存在。

一緒に映画を観《み》て、同じ感情を共有した時間は、ここ数年の中で一番充実していた。その上で更に何かお願いなんて、バチが当たってしまう。

とは言っても、何も出さないのは興醒《ざ》めだろう。

悩む。首を捻《ひね》って、頭を回して、記憶を巡って。

そして、一つだけ摑《つか》み取《と》った。

これがいい。他に思いつかない。彼にしか頼めない。

すうっと、小さく息を吸う。

彼の瞳を見つめて。

♠

「……ほ、褒めて」

やや舌足らずに、彼女はようやく言葉を絞り出した。

「え？」

「だ、だから、褒めてっ」

聞き返すと、綾乃は若干不機嫌に、というか言いづらそうに目を逸《そ》らした。

二度も言われれば理解できる。だが、何故《なぜ》そのような要求をされているのかわからず、眉間に自然としわが寄る。

「私って、すっごく頑張ってると思うんだよね。学校もお仕事も」

「まあ、確かに」

「でも、全然誰も褒めてくれないしさ。おかしくない？　こんなに頑張ってるのに！」

「そ、そうだな」

あまりの勢いに若干引きつつ、当《あ》たり障《さわ》りのない相槌《あいづち》を打つ。

「でも、褒めるって具体的にどうするんだ？　偉いとか、すごいって言えばいいのか？」

「うーん、それじゃあ足りない気がする」

「だったらどうするんだよ」

「………撫《な》でる、とか？」

「私の頭を、よしよしって。頑張ってるねって」

「な、撫でる？」

「……」

急に眩暈《めまい》に襲われ、今すぐ帰りたくなってきた。

「べ、別にいいでしょ。藤村だって、よくされてるんだし！」

「それは佐々川さんが勝手にやってるだけだろ」

そう口にしつつも、映画を観る前に聞いた彼女の身長への悩みを思い出す。

大人びて見られてプレッシャー。頭を撫でてもらうこともない。甘えられない。真っすぐな声音で綴《つづ》られた言葉の数々が脳裏を過《よ》ぎり、まいったなと頰を掻《か》いた。

「……そういうのは、もっとふさわしい奴《やつ》に頼めよ。僕なんかじゃなくて」

「私、藤村に頼んでるんだけど」

「だから、僕なんか――」

言い切るよりも早く、綾乃はぐいっと京介の右手を奪い取った。

しっとりと、彼女の手には汗が滲む。

「藤村がいいの」

熱い吐息混じりに零《こぼ》した言葉に、京介《きょうすけ》は抵抗する意思を手放した。

第6話　僕なんか

♠

薄闇が満ちる部屋の中。

綾乃の深く透き通った藍色の瞳は妖しく輝き、上目遣いでこちらを見つめていた。

ソファの上で片膝をついて、片方の手を彼女の頭に乗せて。

普段見上げてばかりの存在をこうして上から見るという状況に、腹の底からこみ上げてくるものがあった。その黒い感情を押し込めて、「じゃあ、いくぞ」と精一杯のポーカーフェイスで確認する。

「うん」

こくりと小さく頷いて、全てを委ねるようにまぶたを落とした。

頰の淡い朱色が一気に紅色へと変わり、緊張を嚙《か》み殺《ころ》すようにきゅっと唇を嚙む。

（そんな顔するなよ……）

今この瞬間ばかりは、あの能天気な笑顔が恋しかった。

　これは遊びだと、ただのおふざけだけと、彼女が笑ってさえくれていれば、こうも躊《ちゅう》躇《ちょ》することはないだろう。へらへらしてくれと切実に願う。

　だが、進まなければ終わらない。これは罰ゲームなのだから。

「……私、偉い？」

「あ、ああ」

　短く深呼吸して、髪の流れに逆らわないよう上から下へと撫でおろす。

「すごい？」

「すごい、と思う。頑張ってるよ、佐々川さんは」

「……うへへ」

　その感触は男性とは決定的に異なり、彼女が異性なのだと改めて認識する。

「も、もう一回」

　瑞々《みずみず》しい唇が、小刻みに震えながら言葉を紡《つむ》ぐ。

　京介は「ああ」と呟《つぶや》いて、右手を元居た場所に戻しもう一度同じ道を辿《たど》った。

「もう一回っ」

　その声には、ツバメの雛《ひな》が餌を求めるような、健気《けなげ》な必死さがあった。

　黙ってそれに応じると、「もう一回」と更におかわりを要求する。その後は京介の独断で、彼女に何を言われるまでもなく撫で続けた。

じわじわと、だが……。

強張《こわば》っていた綾乃《あやの》の表情が、少しずつ溶けてゆく。それは雪解けのように、閉じていた花びらが開くように。固結びされた口元はへにゃりとほぐれ、落としていた瞼《まぶた》が開いて潤んだサファイアが外気に触れる。

「もっと……乱暴でも、いいよ」

ゆっくりとしたまばたきに蠱惑《こわく》的なものを感じ、京介は喉を鳴らして唾を呑《の》む。

乱暴の意味がわからなかったが、こういうことだろうかと、わしゃわしゃと撫で回した。

乱れてゆく髪。これはまずいのではと手を緩めると、綾乃は目を細めてぐっと顎を上げ、頭を手のひらに押しつけた。逃げないでと、そう聞こえたような気がする。

そういうことならば、と。

京介はいっそう激しく要求に応えた。

わしゃわしゃ、わしゃわしゃ。

横髪の隙間から見え隠れしていたイヤリングが、室内の淡い光を帯びて煌《きら》めいた。

彼女の体軀《たいく》も相まって、まるで大型犬とじゃれているような感覚に陥る。「犬みたいだな」と零すと、薄く開いた彼女の瞳がわずかに輝いて、

「わんっ」

小さく鳴いて、へへへと照れ臭そうに笑うと、そのまま瞼のカーテンを下ろした。

やばい。京介は左手で口元を覆い、滲《にじ》む感情を隠した。

同年代よりも圧倒的に大人な彼女が、今はただ幼く可愛《かわい》いものになっている。見た目と雰囲気とのギャップに、頭がくらくらとしてくる。

（ち、違う。これは罰ゲームだ。罰ゲームなんだ）

身体《からだ》の内側を高速で駆け巡るリビドーにキツく言い聞かせ、大きく息をついて熱を逃がす。

これはご褒美《ほうび》ではない。とてつもなく可愛い生物と戯《たわむ》れているが、しかし決してご褒美ではない。

ふわりと鼻腔《びこう》をくすぐる甘い香りに、時折漏らす艶っぽい呻《うめ》き声と、心臓に悪い要素の満漢全席。この心地よい地獄はいつ終わるのだろうかと、眉尻を下げて綾乃を見やる。

「……そろそろ終わってもいいか？」

「んー。もうちょっと」

「もうだいぶやってるんだけど」

「だって、久しぶりだもん。こういうの」

動きが鈍くなった京介の手を取り、ぐりぐりと自分の頭に擦《こす》り付《つ》ける。

マーキングでもされているようで、京介の脳裏をまた良からぬ妄想が過ぎ去っていった。

「もういいだろ。十分だ」

綾乃の手を振り払い、ソファにどすっと腰を下ろす。

女子と触れ合うこと自体、京介にとっては重大な事なのだ。ひと撫で毎《ごと》に心臓が飛び跳ね、寿命が縮まっているような感覚がある。これでは命がいくつあっても足りない。

だが、そのような事情など知るはずもなく、綾乃は不満げにぶーぶーと頬を膨らませていた。

なぜ自分でないといけないのか。藤村《ふじむら》がいいと彼女は言っていたが、京介にはまったく理解できない。スキンシップをするなら、他にいくらでも適役がいるだろう。

「何で、僕なんか……」

吹けば消えそうな声量で零した言葉に、「だめっ」と綾乃は声を荒らげた。

両肩に手を置かれ、じっとこちらを見据える。顔や目を逸らそうとすれば、低く唸《うな》って怒りを露《あら》わにする。逃げられない状況に置かれ、京介はただ困惑した。

「さっきも言ってたけど、僕なんか、じゃない」

今まで見たことがないほど真剣な目つきに、硬直して息を呑む以外の選択肢がなかった。

「見返りも求めずに優しくしてくれたり、私のことたくさん考えてくれたり。藤村は、誰もしてくれなかったことをたくさんしてくれたんだよ」

「……そ、それくらい、僕じゃなくたってできるだろ。特別なことでもあるまいし」

自分には何の力もない。

顔もよくないし、身長だってこのざまで、身体能力が高いわけでもない。綾乃のように自立もしておらず、最短でも高校卒業までは親のスネを齧《かじ》り続ける普通の一般人。今までもこれからも、ずっとどこにでもいる誰かでしかない。

綾乃に対するこれまでの気遣いは、他の誰にでもできたことだ。

今彼女を取り巻く環境がどういう具合で、今後どういう風に変化していくのかは知らないが、少なくとも愛されない人生を送ることはないだろう。自分のようなお人よしは、きっとこれからも絶え間なく現れる。

「普通のことでも、誰にでもできることでも——」

一語一語、丁寧に丹念に、こちらが片端も聞き逃さないようゆっくりとした口調で綴る。

「それを初めてしてくれた人のことを、特別に想《おも》っちゃダメなの？」

両肩に置かれた手に力が入り、双眼は力強く煌めく。

京介は、全身をふーっと熱が昇っていくのを感じた。それは恥ずかしさかもしれないし、喜びかもしれない。どちらにしても彼女の問いに対し、首を横に振る気にはなれない。

「あっ。ち、違うよ！」

と、いきなり騒ぎ始めた綾乃。京介から離れて、顔を真っ赤にして両手を振り乱す。

「特別って、変な意味じゃないから！」

「お、おう」

「もっと仲良くしたいとか、一緒に遊びたいとかってことだし！　そういう意味で言っただけだし！」

「わかった。わかったから」

わざわざ説明を受けているこっちもいたたまれなくなってきた。

「と、とにかくっ」

ぴしっと、人差し指の先を京介の唇に当てる。

京介は押し黙り、彼女の瞳に視線を吸い取られた。揺らめく藍色の光の奥には、他を見るなと言わんばかりの暴力的な魅力が潜んでいる。

「僕なんか、禁止！　今度また私の友達の悪口言ったら怒るからね」

親が子供に言い聞かせるような口調で言って、ふんすと大袈裟《おおげさ》に鼻息を荒らげた。

こくりと京介《きょうすけ》が頷《うなず》くと、綾乃は満足そうに笑みを咲かせて、お返しとばかりに頭を撫《な》で回した。やめろよと訴える気にもなれず、ただその温かさを享受する。

好かれることも、嫌われることも、どちらも懲りたはずだった。中学生最後の年に、二度と友達はいらないと、心に決めたはずだった。

もう、あんな思いはしたくないと……。

しかし、そのような決意は豆腐の如《ごと》き強度だったことを、京介は思い知った。ほだされる、という言葉は、今この心境をさすのだろう。自分が必要だという心の底からの訴えに気持ちが高揚しないほど、腹の中は冷めきってはいない。

「そういえばさ」

「ん？」

「藤村は私に何させたいの？」

わしゃわしゃと、依然髪をこねくり回す綾乃。

京介はやや視線を落として、

「……まだ考えてないから、思いついたら言うよ」

静かに零《こぼ》した。彼女と距離を置くことを、そっと懐《ふところ》にしまって。

♥

京介が帰宅して数時間が経《た》った。

食事を終え、テレビを観《み》て、お風呂《ふろ》に入って。就寝前のストレッチも済ませてベッドに寝転がるも、未《いま》だスマホに彼からの連絡はない。

（いや、別にいいんだけどね。待ってるとかじゃないし）

京介との空っぽのトーク画面を見つめたまま、綾乃はごろんと寝返りを打った。

今後遊びに行く際、連絡の手段がないと不便だと思いメッセージアプリのＩＤを交換した。

アプリの使用方法は様々だ。事務的なやり取りしかしない人もいるだろう。

綾乃個人としては、スタンプを送り合ったり、世間話をするのが好きなのだが、それはあくまでもこちらの事情。余計な連絡を飛ばして、彼に嫌な思いをさせたくない。

「……」

だが、交換したその日に一切のやり取りがないのもいかがなものだろう。

スタンプでも送ってみようか、と画面をタッチする。時刻は二十二時過ぎ、おやすみと挨拶しても不自然ではない。

いや、でも……。

綾乃は仰向けになって、スマホをお腹《なか》の上に置いた。

(よし、何か面白いこと言うぞっ)

神妙な面持ちでふぅむと唸り、眉をひそめて思惑を巡らせた。

ここで一発ブチかませば、彼からの印象値が少しは上がるはず。面白くない女より、面白い女の方がいい気がする。

ひとまず、ネットの検索エンジンで面白い話を調べた。出てくる話はどれも上等なのだが、こういったジョークの類《たぐい》を送りたいわけではない。

どちらかと言うとシュール系。一言で面白い何か。

しかしそうも都合のいい話はなく、あれでもないこれでもないと探しているうちに、時計の短針が11に触れた。流石《さすが》にこの時間帯では京介も寝ているだろう。

「…………はぁ」

スマホを枕元に置いて息を漏らす。

一人で勝手に盛り上がって、何をしているのだろう。

思い返すと、今日はずっと変だ。

『彼氏なんかいないよっ。いたことないし！』

これも。

『べ、別にいいでしょ。藤村だって、よくされてるんだし！』

これも。

『それを初めてしてくれた人のことを、特別に想っちゃダメなの？』

これだって。

普段よりも感情の起伏が激しい。いつもなら絶対に言わないし、口に出すにしても言葉や言い方を選ぶ。だけど、彼と一緒だと妙に昂《たかぶ》ってしまう。

（温かかったな、藤村の手……）

髪をワンクッション置いているため、手のひらの温度など感じるわけがないのに。頭頂部に触れると、まだそこに体温が残っているような気がした。

「うぅー……っ」

羞恥心に頬を焦がしながら、ごろごろとベッドの上を転がった。

明日からしばらくの間、仕事がみっちりと入っておりほとんど学校へ行けない。

やっぱり何か送ろう、と再びスマホを取った。

瞬間、通知音が鳴りビクッと驚く。見ると、それは京介からだった。

【きょー：夜分遅くに失礼します】

ぷふっと、軽く吹き出した。

なぜそれなのか、どういうテンションなのか。

【あやの：仕事のメールみたい】

【きょー：女子にメッセージ送るの初めてで作法がわからなかった】

作法、という言葉にまたしても吹き出した。更に【きょー：調べてもよくわからなくて】という追い打ちに、ついに綾乃《あやの》は声を出して笑った。

何だか安心した。向こうも同じような心境だったらしい。

【あやの：普通でいいよ】

という言葉を、「安心しな」とくつろぐ犬のスタンプと共に送った。

間髪容《い》れず、「了解」と黒猫のスタンプが返ってくる。どことなく京介に似たその黒猫に口元が緩む。

♠

京介はベッドに座り、ポチポチと画面をタッチしていた。綾乃に返事を送って、ふぅと息を漏らす。

高校に入って買ってもらったスマホ。

家族との連絡用に入れたメッセージアプリだが、まさか同級生の連絡先を登録することになるとは思わなかった。しかも相手は女子、直《じか》に話すよりも幾分かはマシだがやはり緊張してしまう。

【あやの：今日は楽しかった！】

ピロンと通知音が鳴った。

表示されていた文字に、頬に血が通うのを感じた。一緒に送られてきた笑顔の犬のスタンプは、にんまりと笑う綾乃をほうふつとさせる。

【きょー：僕も】

もう少し何か言うべきだろうか。

頭を働かせるが、これといって気の利《き》いた台詞《せりふ》は出てこない。

【あやの：藤村《ふじむら》が褒めてくれたら、また明日もお仕事頑張れるよ！】

【きょー：そうか】

【あやの：頑張る私、偉い？】

【きょー：うん】

【あやの：偉いって言って】

【きょー：偉い】

【あやの：電話で】

「っ⁉」

そのメッセージが届くと同時に、ブルブルとスマホが振動した。

アプリを通じて、綾乃からの着信。

京介はあまりの驚きでベッドから飛び上がり、スマホを握り締め画面を凝視した。女子と電話したことはあるが、もう随分と前のこと。緊張のせいで顔から汗が噴き出す。

「……ん？」

そうこうしていると振動は収まり、【あやの：やっぱりいいや】とメッセージが届いた。

早く出なかったせいだろうか。申し訳ないと、心の内で頭を下げる。

【あやの：声聞いたら、会いたくなっちゃうし】

「……」

心臓が喉から飛び出しかけ、すんでのところで唾と一緒に飲み込む。

すぐさまそのメッセージは削除され、

【あやの：違うよ！　また遊びたくなるって意味だから！】

という文面と共に、慌てふためく犬のスタンプが送られてきた。

それにどういう反応をすればいいかわからず放置していると、「おやすみなさい」と眠る犬のスタンプが画面に現れる。
家族以外に寝る前の挨拶をされたのは久しぶりだ。
【きょー：おやすみ】
そのメッセージに付いた既読の二文字が、なぜだか妙に愛《いと》おしかった。

第7話　友達だっけ？

♠

「だからァ！　あんたに何の関係があるんだって聞いてんの‼」

破竹の如《ごと》く発せられた怒声が、教室内の空気をピリピリと揺らす。

声の主は千沙《ちさ》。「いい子ぶんなよ！」と薫子《かおるこ》も続いて叫ぶ。

五限目の授業中、完全に寝落ちしてしまった京介《きょうすけ》は、帰りのホームルームが始まっても起こされることなく放課後を迎えた。

顔を起こすと、以前のように千沙と薫子が陰口を叩《たた》いていた。

話題の中心人物は、今日仕事で学校にいない綾乃。

京介にとって胸糞《むなくそ》悪《わる》い会話が咲き乱れており、まったく気持ちよくないため家に帰ろうとしかけた、その時のこと。

『綾乃ちゃんを悪く言うのはやめてもらっていいですか』

クラスの一人が、夏場の蛆《うじ》が湧いた生ゴミでも見るような目で陰口大会に突撃した。

詞島沙夜。教室の人間一人ひとりを覚えられるほど器用ではないが、彼女は隣の席なため覚えていた。

　暗い茶髪の内巻きボブカット。縁の太い眼鏡をかけて栗色《くりいろ》の瞳をレンズの奥に隠し、いつも控えめな雰囲気を振りまく少女の言動に、千沙と薫子はもちろん京介も驚嘆した。

　そこからは泥沼だ。

　悪く言わないで。あんたに関係ない。

　双方譲らない口撃の応酬。京介は完全に教室を出るタイミングを失い、寝たふりで乗り切ろうと息を潜める。

「うっぜぇんだよお前はっ‼」

　薫子のヒステリックな声のあとに、机が倒れるけたたましい音が響いた。どうやら蹴り倒したらしい。

（いや、暴力はダメだろ）

　京介は背筋に冷や汗を垂らし、おずおずと頭を上げた。

　口での喧嘩《けんか》なら存分にやればいいが、一対二の状態で手をあげるのはまずい。自分に何ができるわけでもないが、このまま顔を伏せているのは良心が痛む。

　倒れていたのは、綾乃の机だった。

面倒くさがって教科書を持ち帰らないことが災いし、中身がぶちまけられていた。薫子は「行こっ」と苛立《いらだ》ち混じりに吐いて、千沙の手を掴《つか》み教室から出てゆく。

「ちょっと、直しなさいよ！」

沙夜は顔を真っ赤にして叫ぶが、返ってきたのは沈黙だった。

彼女らが戻らないと悟ると、大きな嘆息を漏らして教科書を拾い始めた。

一冊、一冊、丁寧に。散らばったプリントも、撒《ま》き散《ち》らされた筆記用具も、一つずつ。

その健気《けなげ》さや勇気は、見て見ぬふりをするにはあまりにも難しい。

京介は席を立ち、沙夜を手伝おうと歩き出した。

パチリと、彼女の大きな瞳が自分を捉えた。軽く会釈《えしゃく》をして、綾乃の机を起こす。

「……綾乃ちゃんと、仲良くしてますよね」

「え？」

「この前、一緒にご飯食べてましたし」

「あぁ、まあ……」

「さっきのこと、綾乃ちゃんには内緒にしてください」

トントンと、沙夜は拾い集めた教科書を整えた。

先ほどの勇ましさはどこへやら。眉尻を下げて表情を曇らせるその様は、親からの叱責に怯《おび》える子供のようだ。

（言えるわけないって……）

事態を説明するには、千沙と薫子のことを話さないと辻褄《つじつま》が合わない。

お前が友達だと思っていた奴《やつ》は、陰でお前を悪く言っていたぞ。なんて事実を突きつけるのは、とてもじゃないが荷が重い。

「佐々川《ささがわ》さんと仲良《い》いのか？」

「な、何でですか？」

「下の名前で呼んでるし、ちゃん付けだし」

その問いに、沙夜は教科書で口元を隠した。

特別な意図があって聞いたわけではない。しかし、どうやらまずかったらしい。何度もまたたく彼女の双眼には、激しい動揺の色が浮かぶ。

「おい」

教室の外から聞こえてきたのは、怒気が含まれた男の声だった。

反射的に視線が動く。京介は声の主を認識し目を見張る。

「俺の妹に何してんだよ」

そこにいたのは、綾乃をナンパしていた金髪だった。

「ははは っ！　いや悪かった。俺はてっきり、沙夜が絡《から》まれてるもんだと思ってよ」

金髪は人懐《ひとなつ》っこい笑みを浮かべて、フライドポテトが盛られた皿を差し出した。京介はポテトを一本手に取り、もしゃもしゃと咀嚼《そしゃく》しながら忌々し気に睨《にら》む。

教室で彼に捕まり、京介は半ば強制的にこのファミレスまで連行された。根掘り葉掘り聞かれ、あらぬ疑いをかけられ、しかしようやっと誤解を解いて今に至る。

「本当にごめんなさい。琥太郎《こたろう》くん、ひとの話聞かないから……」

彼の隣に座る沙夜は、申し訳なさそうに縮こまっていた。

東條《とうじょう》琥太郎。二つ隣のクラスの同じ一年生で、沙夜とは幼馴染《おさななじ》み。妹と呼ぶのは、複雑な家庭環境で苗字《みようじ》違いの兄妹《きょうだい》とかではなく、単に昔から妹として扱っているからだという。

「ほら、ちゃんと頭下げて！」

「いたたっ。痛い痛い！　わかったたって！」

沙夜に耳を引っ張られ、琥太郎は額をテーブルに押し付けた。

その様子だけで、二人が共に過ごした時間の長さがわかる。と同時に、妹というより姉だなと、京介はほくそ笑む。

「ここの会計は琥太郎くんが出すので、藤村さん、好きなの頼んでください」

「お、おいっ」

「いいですよね？」

「いや、でも、今ちょっとピンチで……」

「はい？」

「……何でもないです」

ガクッとうな垂れる琥太郎。京介は沙夜からメニューを手渡されるが、ははと誤魔化すように笑いながらテーブルに置いた。

自分には彼のズボンを下ろした前科がある。忘れているのか、顔を見られていなかったのか、彼はその話題を出そうとしないが、ここで奢《おご》られるのは気が引ける。

「なあ藤村《ふじむら》」

悪い奴ではないように見えるが、大柄の金髪に名前を呼ばれると反射的にビクついてしまう。それを悟られないよう、極力落ち着きを払って「なんだよ」とポテトを一本摘む。

「こいつ、綾乃《あやの》ちゃんと仲良くやってるか？」

瞬間、沙夜は激しくむせた。ゴホゴホッとジュースの飛沫《しぶき》が混じった咳《せき》をする。琥太郎はその背中を撫《な》でつつも、視線は京介に向けたままだった。

「中学の頃から綾乃ちゃんのファンでさ、載ってる雑誌全部買って、切り抜いて保存してるくらいなんだぜ」

「ちょ、ちょっと琥太郎くん⁉」

「同じクラスになって熱出すほどはしゃいでたのに、一緒に遊びに行ったとか全然聞かねえんだよ。なあ、ちゃんと仲良くやれてるのか？」

茶化す気など一切ない真剣な表情の琥太郎と、顔を真っ赤にして彼をぽかぽかと殴る沙夜。凄《すさ》まじい温度差の二人を見ながら、京介はあの日の会話を思い出す。

『俺の妹がさ、綾乃ちゃんに憧れてるんだよ』

なるほど、と得心する。

ナンパではなく、沙夜のために連絡先が欲しかったのだろう。だとしても、迷惑行為が正当化されるわけではないが。

「あ、綾乃ちゃんに話しかけられるわけないでしょ！」

沙夜の右ストレートが、琥太郎の頬を捉えた。

「可愛《かわい》くて綺麗《きれい》で格好良くてっ！　一緒の空間で息してるだけでも幸せなのに、話しかけるなんて神をも恐れぬ蛮行です！　近付いたらいい匂いするし、何かすごいオーラ出てるし！　笑ったらもう直視できないくらい可愛くって、それはもうこの世の宝じゃないかってくらい尊いのに！　尊いのにっ‼」

分厚いレンズの奥をギラギラとさせながら、沙夜はふんすと鼻息を荒らげた。

この時間帯のファミレスはお喋《しゃべ》りに興じる客が多いとはいえ、これだけ大きな声を出せば流石《さすが》に目立ってしまう。しんと静まり返る店内と自分に刺さる視線に気づいたのか、沙夜はさーっと血の気の引いた顔でトイレへと走って行った。

「……ユニークな妹さんだな」

「普段は真面目でいい子なんだよ……」

顔には出さないが、京介は驚愕《きょうがく》していた。

一つは、あの大人しそうな沙夜が豹変《ひょうへん》したことに。もう一つは、綾乃の影響力に。

モデルだ何だと持《も》て囃《はや》されてはいるが、彼女が具体的にどういう活動をしているのか知らない。ファッション誌など、男性向け女性向け問わず興味がない。

だからこそ、こうも熱心なファンを目《ま》の当《あ》たりにして、本当にすごい人なのだと実感する。

「しかし、うーんそっか。声くらいかけてるもんだと思ったんだけどな」

「何か親みたいだな。交友関係気にしてさ」

「そりゃ気になるだろ。あいつの楽しいが、俺の楽しいなんだ。できることは何でもしてやりたい」

「……幼馴染みってそういうものなのか」

砂糖たっぷりなことをあまりに堂々と話すため、京介《きょうすけ》は若干引き気味に微笑を作った。

琥太郎は「幼馴染みっつーか」とストローでジュースを吸い上げる。

「俺、沙夜が好きだからな」

小学校中学校の頃は、誰が誰を好きといった話題は恥ずかしいものに分類されていた。

故に、こうもあっさりと好意を告白され、京介は面食らってしまった。彼の声音には何の緊張もなく、純粋な気持ちだけが内包されている。

「だから、沙夜に変なことするなよ。絶対にだぞ」

「誰がするか。僕はそういうの興味ないから」

「……まあ、藤村は綾乃ちゃんとよろしくやってるみたいだから安心か」

「は、はぁ⁉」

「綾乃ちゃんと仲良いから、あの時俺を追っ払ったんだろ？」

「あの時って……ぼ、僕だって気づいてたのか？」

「そりゃ道でズボン下ろしてきたやつの顔を忘れるかよ」

へへへっ、と可笑《おか》しそうにする琥太郎。罪悪感が再燃し、京介は瞳を伏せる。

「ご、ごめん。わざとじゃなかったんだ。足が絡まって——」

「別に気にしてねえよ。綾乃ちゃんへの絡み方は、思い出すと度が過ぎてたからな。沙夜《さよ》が喜ぶと思って、つい。本当に悪かった」

後頭部を掻《か》いて、顔に反省の色をにじませた。

不器用なやつだな、と思った。真面目そうな沙夜と不良にしか見えない彼が仲睦《むつ》まじくできることを不思議に思っていたが、根が悪人でないのなら理解できる。

「何の話ですか？」

トイレから戻って来た沙夜が、申し訳なさそうにする琥太郎を見るなりそう尋ねた。

「い、いや？　何でもねぇぞ。な、藤村っ」

「……お、おう」

尋常ではないほど挙動不審になりながら同意を求められ、反射的に頷《うなず》いてしまった。

（あぁ、そういうことか。佐々川さんに絡んだこと、バレたくないんだな）

理由はどうあれ、沙夜が神の如《ごと》く崇拝する人物に迷惑を働いたのだ。おいそれと告白できるものではない。

しかし、流石は幼馴染みというべきか。沙夜は琥太郎の顔から何かを汲《く》み取《と》り、横に座るなりぐいっと距離を詰める。

「本当は何の話をしていたんですか？」

「いやだから、何でもねえって。ちょっとしたバカ話だよ」

「具体的に、どのような」

「数学の三木谷は黒板の字が汚いとか、音楽の酒井は微妙に音痴だとか……」

「嘘《うそ》ですよね？」

今にも口づけを交わしそうな密着具合で繰り広げられる尋問。だが、そこにはエロさも甘酸《あまず》っぱさもなく、光を失った沙夜の瞳は射殺すように琥太郎を凝視する。

「わたし、知っています。こういう時の琥太郎くんは、わたしを怒らせるようなことをしているって」

「なな、何言ってんだよマイハニー。俺が沙夜を怒らせたことなんてないだろ？」

「今日までの怒らせた回数だけ、体毛を一本一本抜いていきましょうか。きっと全身つるつるになれますよ」

「……か、勘弁してください」

ニッコリ、と。

沙夜の口は美しい弧を描いて、細い右手の指を琥太郎の腹に沈み込ませた。骨と骨の間に食い込んでいるのか、琥太郎は青い顔をしながら低い呻《うめ》き声をあげる。

「ちょっとだけ、お店出ましょうか」

恐ろしいほどに完成された笑顔と共に、沙夜は立ち上がった。

「あ、あの、詞島《しじま》さん。こいつも悪気があってしたことじゃないから——」

「いいんだ、藤村」

思わず声をかけたが、琥太郎は悟ったような声で制止した。

「いいんだ」

戦場の最前線へと赴く戦士のような顔で、琥太郎は店の外へ連行された。

哀愁漂う背中を見つめ、京介は静かに彼の帰還を願った。

◇◇◇

「ようフジ、隣座るぞ」

週明けの月曜日。

食堂で昼食をとっていると、後ろから琥太郎に声をかけられた。「フジって、僕のことか？」と安直なあだ名に眉をひそめて振り向く。

「……流石にまだ、全然治ってないな」

琥太郎《こたろう》の有様《ありさま》に苦笑いを浮かべた。

額にガーゼ、右目に眼帯、頬には大きな絆創膏《ばんそうこう》。先週ファミレスに行った際、ブチ切れた沙夜につけられた傷の数々は、未《いま》だ癒えずにそこにある。

あれから追加で骨を折られたのか、左腕をギプスで固定していた。

京介の心配に対し、「たいしたことねえよ」と琥太郎は明るく笑って、右手に持ったお盆をテーブルに置く。

「詞島さんって、結構怖いんだな。腕まで折るって……」

「いや、こっちは子供庇《かば》って車に轢《ひ》かれた」

「主人公かよ」

琥太郎は話題を継続させることなく、「いただきます」とカツ丼を食べ始めた。身を挺《てい》して子供を庇ったとあれば、自分なら生涯自慢し続ける自信がある。だが、彼からすれば特別なイベントではないのかもしれない。

「……で、何だよ」

「何だよって、何が？」

「僕に用があるんじゃないのか。わざわざ声かけてきてさ」

琥太郎とはあのファミレスで話したきりで、昼食を一緒にとるような仲ではない。何かしら用があるのだろうなと、声をかけられた段階で察していた。

しかし予想に反し、返って来たのは「はぁ?」という素っ頓狂な声だった。やや不機嫌そうに歪《ゆが》む眉尻を一瞥《いちべつ》して、ビクリと肩が上下する。金髪の不良は心臓に悪い。

「用がなくたって声くらいかけるだろ。友達なんだから」

「……友達だっけ?」

「は?」

「え?」

気まずい空気が二人の間を占拠した。

夫婦のようなわかりやすい線引きがない以上、友達のラインが個々人によって異なるのは当たり前のことだ。琥太郎にとっての友達は、一度話したことがある人のことを指すのだろう。

「まあ、いいけど……」

諦念混じりの息をついて、水に口を付けた。

友達を作らないよう身を潜めていたが、綾乃《あやの》に友達認定を受けてしまった以上、もう一人も二人も変わらない。向こうから来る分には気にしないでおこう。

「そりゃ俺だって、いつもみたいに沙夜と食いたいけどよ。この時期のあいつは、ピリピリしてて怖《こえ》えんだよな」

「東條《とうじょう》が怒らせたからだろ」

「それもあるが……。ほら、綾乃ちゃんの誕生日が近いから。何を贈るかずっと考えてるんだ」

「誕生日？」

「まだ一週間以上あるってのによ。中二の頃から毎年こうだ……っ」

どんよりと梅雨の空のような顔色で、モソモソとカツを咀嚼《そしゃく》する。

「でもまあ、これぱっかりは仕方ねえよな」

と、仕方なさそうに呟《つぶや》く。

自分とのコミュニケーションそっちのけで何かに入れ揚げる身内がいたら、京介も同じような顔をするかもしれない。否定はしないし、むしろその趣味を肯定しているが、本気で応援はできない。そういう複雑な気持ちが見て取れる。

「フジも何か贈るんだろ。もう決めたのか」

「…………え？」

「いや、え？　じゃなくって」

「誤魔化すなよ」と折れた方の腕の肘で小突く琥太郎。その笑みは、やたらと彼女ができたかどうか聞いてくる親戚のオジさんを思い起こさせた。

友達に誕生日プレゼントを贈ったことはあるが、それは少なくとも一年以上付き合いのある人に対してで、綾乃との交流期間はまだひと月もない。だが、こうして知ってしまった以上、無視するのは気が引ける。

「……佐々川《ささがわ》さんって、何貰《もら》ったら喜ぶかな」

「女子は難しいぞ。化粧品は合わなかったら肌が荒れたりするし、入浴剤は匂いがダメだったりするし、アクセサリーは重いとか思われるし。ブランドモノだからって無条件で嬉《うれ》しいわけでもないし、キャラクターものは事前リサーチが欠かせないし、時計とかの小物類は貰った方のファッションに似合わなきゃ意味ないしな」

「おぉ……流石《さすが》詳しいな」

「そりゃあ、俺がどれだけ沙夜相手に失敗してると思ってんだ」

へへっと得意げに鼻を鳴らす横顔からは、これまでの苦労の数々が見て取れた。

「ま、沙夜に聞けよ。それが一番早い」

「本人に聞いちゃダメなのか？」

「バカだなフジは。こういうのは、サプライズが定番だろ」

「そういうもんか」

「でも、間違っても相手の部屋を花で埋めたりするなよ。度が過ぎるプレゼントは予告がないと迷惑がられるし、現に俺はボコボコにされた」

「……イタリア男かよお前は」

沙夜も苦労しているな、と京介《きょうすけ》は苦笑を漏らす。

ともあれ、サプライズはいい手かもしれない。本人に欲しいものを聞いて、それが入手困難なものだった場合どうしようもない。自分の頭で考えた結果ならば、珍妙なものを贈らない限り、向こうも嫌な顔をしないだろう。

(それに、好きそうだしな。サプライズとか、そういうの)

偏見かもしれない。思い違いかもしれない。

だが、どうしたって喜ぶ彼女の顔が目に浮かぶ。


「え。誕生日プレゼント、ですか？」

その日の放課後。

沙夜とは一度話した仲だったからよかったものの、一切の面識がなければ声はかけられなかっただろう。京介は手に緊張の汗を握り締めて、「東條から、詞島さんに聞けって」とやや挙動不審に漏らす。

「なるほど……」

小さく零《こぼ》して、くいっと眼鏡のブリッジを指で上げた。

ピリピリしているかどうかは判別がつかないが、いつもより目つきが悪いような気がした。普段がチワワだとすれば、今は獰猛《どうもう》なチワワ。栗色《くりいろ》の瞳の奥に、唸《うな》りを上げる小動物を飼っている。

「いいですよ。次の日曜日は空いていますか?」

「え、あっ。たぶん、空いてるけど」

「一緒に買いに行きましょう。藤村《ふじむら》さんには、聞きたいこともあるので」

彼女の双眼が、ギラリと煌《きら》めいたような気がした。

おそらく、というか確実に、聞きたいこととは綾乃についてだろう。

京介は頭に鈍痛を覚えながらも、「お願いします」と頭を下げた。

第8話　尊さに殺されます

♠

時刻は午後一時。

最寄り駅から四駅跨《また》ぎ降り立った街は、日曜日ということも相まって非常に騒がしく人が往来していた。沙夜《さよ》との待ち合わせ場所は、このあたりで一番大きな百貨店の入口付近。もう既に人酔いしそうだが、何とか堪《こら》えて雑踏の中をゆく。

【沙夜：着きましたか？】

ブーッとポケットにしまっていたスマホが震え、見ると沙夜から通知が来ていた。

当日合流するのに手間だろうと彼女に言われ、またしても友達リストに名前が追加された。

一人目も二人目も女子だとは思わなかったが、今日という日が終われば、ただそこにあるだけの連絡先になることは目に見えている。綾乃のように雑談を振ってくることはないだろう。

【きょー：着いたけど、今どこ？】

入口といっても、この規模の施設になると十か所以上ある。

沙夜の誘導に従い歩を進めていると、ピロンと新しいメッセージが届く。

【あやの：今日は頑張ってね！】

思わぬ人物からの連絡に、京介は「うっ」と低い声を鳴らした。

今日の外出は、綾乃へのプレゼント選び。サプライズという性質上、彼女には何も知らせていない。

それでは、頑張ってねとは何のことなのか。

罪悪感混じりの息を漏らしながら、先日のことを思い出す。


土曜日の午前一時過ぎ。

そろそろ寝ようかと読みかけの小説を机に置き、照明を落としてベッドに寝転がった。

と同時に、見計らったようにスマホが振動する。

【あやの：さっきやってた深夜ドラマ観《み》た？】

綾乃からのメッセージ。

用事がなくてもやり取りをする仲にはなったが、京介は未だに緊張が抜けない。脳みそにかかっていた眠気というモヤは消え失《う》せ、両目はぱっちりと冴《さ》え渡《わた》る。
【きょー：観てないけど】
【あやの：えー！　なんで！】
【きょー：なんでって……】
【あやの：私が出てたのに！】
【きょー：え】
　ピロンと、怒り顔の犬のスタンプが押された。
【きょー：ごめん、知らなかった】
【あやの：ゆるさない】
「えぇ……」
　思わず口に出してしまった。
　そもそも、普段からテレビドラマはあまり観ないし、出演すると教えてもらっていない。
それを許さないと言われても反応に困る。
【あやの：録画してあるし、今度一緒に観てくれたらゆるしてあげる】
　えっへん、と偉そうに腕を組む犬のスタンプ。
　どうやら許される手立てがあるらしく、京介はほっと胸をなでおろす。

【きょー：何で最初から教えてくれなかったんだ？】

【あやの：だって、藤村と観たかったから。夜は一緒にいられないし】

そのメッセージに、京介の頰に熱が回った。

返事に困りあぐねた結果、「了解」と発する猫のスタンプを送る。

（何だよ了解って……）

今この場面に合わないスタンプだが、まともに文を書く余裕がない。小さく深呼吸を繰り返して心臓をなだめる。

【あやの：日曜日とかどう？　ついでになんか美味《おい》しいの作るよ！】

日曜日か、と脳内でスケジュールを確認した。

その日はちょうど、綾乃《あやの》のプレゼントを買いに行く日。

しかし、サプライズである以上、正確にわけを話すことができない。

【きょー：その日は用事があるんだ】

【あやの：用事って？】

【きょー：すごく大事な用事。僕の人生に関わる】

他人からの頼みを断った経験が乏しいため、断り方がこれで正しいのかよくわからない。

とりあえず納得してくれたらしく、ふむふむと頷《うなず》く犬のスタンプが送られてくる。

【あやの：夜遅くにごめんね！　おやすみ！】
綾乃の頭の中では、日曜日に一緒に過ごすと決めていたのだろう。申し訳なく思いながらも、京介も【おやすみ】と送る。

大事な用事を一体何と勘違いしたのかわからないが、【うん】と返した。

我ながら面白味に欠ける返信だが、他に言いようがない。先を急ぐとしよう。

数分歩くと、彼女は日の当たらない建物の陰に縮こまるようにして立っていた。

薄ピンクのキャスケットをかぶり、上にはオーバーサイズの白いパーカー。紺色のミニスカートから華奢《きゃしゃ》な脚が伸び、視線は黒のスニーカーに行きつく。沙夜の控え目なところをそのまま形にしたような、淡く可愛《かわい》らしい服装だ。

「ども」とお互いに会釈《えしゃく》。

次いで京介は、きょろきょろと周囲を見回した。どうにも彼の姿が見当たらない。

「どうしました？」

「いや、東條《とうじょう》がいないなって……」

「琥太郎《こたろう》くんなら呼んでいませんよ。綾乃ちゃんの誕生日プレゼント選びに、ヤツは不要です」

沙夜は語気を強めて言って、レンズ越しに覗《のぞ》く瞳をきっと尖《とが》らせた。おそらく過去に何かあったのだろう。あの男なら余計なことをやりかねない。

「じゃ、行きましょうか」

ふっと身を翻《ひるがえ》し、建物の中へ入って行った。

琥太郎がいると思っていた分、余計に緊張してしまう。不良のような見た目の男でも、同性がいるのといないのとでは大違いだ。

(詞島《しじま》さんって、意外と慣れてるんだな)

琥太郎との付き合いが長いからだろう。先をゆく沙夜の背中からは涼しさすら感じる。

彼女はこちら側だと思ったのに、とやや失礼なことを思いながら小走りで横に並ぶと、彼女の歩き方が奇妙なことに気がついた。

「詞島さん」

「何ですか?」

「右手と右足、一緒に出てるけど」

ハッとした顔で体勢を立て直し、頬に朱を差して咳払《せきばら》いをする。

「あ、えっと。琥太郎くん以外の方と出かけるのは久しぶりなので っ」

たどたどしく綴《つづ》った言葉に、よかったと京介は内心微笑《ほほえ》む。同類がここにもいた。

「とりあえず、綾乃ちゃんが喜びそうなもの、ですよね！　こっちです、こっち！」

誤魔化すように足を早める姿は、まさしく小さな愛玩動物だ。琥太郎があそこまで入れ込む理由の中に、こういう部分があることは間違いないだろう。

「まず、綾乃ちゃんの好きなものについてですが、チョコのお菓子、ぶ厚いステーキ、フルーツがたくさんのったパフェ、シンプルなデザインのアクセサリー、落ち着いた色の服、冬、田舎の用水路、映画などがあります」

「な、何だって？　田舎の用水路？」

「過去の雑誌の中で、幼少期田舎に帰省した際は用水路に入って遊ぶことにハマっていたと書かれていました。水が綺麗《きれい》で、魚なんかも泳いでいたとか」

「……へえ…………」

綾乃がそういう遊びに興じていたのは別に構わないが、そんなことを細かく記憶している沙夜に引いてしまった。以前、尊いだの何だのと絶叫していたが、まさかここまでとは。いかんいかん、と腹の中の差別意識を殴り飛ばす。今回は、彼女の愛と執着の世話になるのだからバカにはできない。

「結局どれが一番いいんだ？」

「チョコにしましょう。ここには有名なお店があるので、美容にもいいダークチョコレートが最適かと。日持ちもしますし。それにチョコは、わたしのようなファンには絶対に渡せないものなので、藤村《ふじむら》さんにはぜひわたしの想《おも》いと共に渡していただければ」

「そんな重たいこと言わず、普通に自分で渡せよ……」

「無理ですよ。わたしは一度事務所に送って、そこから綾乃ちゃんに転送してもらうので。見ず知らずの人間から貰《もら》った食べ物を、藤村さんは口にしますか？」

ちゃんと考えてくださいと言いたげな鋭い視線を浴びるが、京介《きょうすけ》は釈然としない表情で首を捻《ひね》った。

「直接渡さないにしても、下駄《げた》箱に入れるとか机の引き出しに入れるとか、方法はいくらでもあるだろ。そこまで律儀《りちぎ》に線引きしなきゃならないもんなのか？」

「これは自衛です。境界が曖昧になり綾乃ちゃんとの距離が近くなれば、わたしはきっと尊さに殺されます」

その真剣な声は、百戦錬磨の兵士の如《ごと》き凄味《すごみ》を帯びていた。

♥

駅前のお店で適当にお昼を済ませ、どこに入ろうかとぶらぶらしていると、遠目に見知った顔を確認した。あの華奢な背格好は、間違えようがない。

綾乃は浮つきそうな足で、たったっと若干歩幅を広げて彼との距離を詰めた。

大切な用事とは、てっきり塾のテストやバイト的なものだと思っていたが、買い物に来ることだったらしい。一人のようだし、声をかけても問題ないだろう。彼がいいと言うなら、同行するのも面白い。

「ふじむ──」

と肩に手を置きかけて、反射的に人ごみにまぎれ息を殺した。

「ども」と京介が見知らぬ女の子に会釈した。帽子をかぶっているため顔はよく見えないが、小さくて可愛らしい子だ。

「じゃ、行きましょうか」

そう言って、二人は百貨店に入って行った。

妹なのでは、という疑問が脳裏を過《よ》ぎったが、即座に否定した。身内に対してあのよそよそしさは奇妙に映る。

だとすれば──。

綾乃の灰色の脳細胞は、大切な用事が何を指すのか、一つの仮説を導き出した。

(か、彼女とのデートだ……‼)

第9話　大事にしたい

♠

その後は沙夜《さよ》をツアーガイドとして、あちこちの店を回り綾乃の好きなものを教わった。道中お目当てのチョコレートも購入し、残すところは沙夜の贈り物だけとなる。

「詞島さんは何をプレゼントするんだ？」

「コスメグッズですね。リップにする予定です」

「コスメって、化粧品のことだよな。東條がプレゼントに化粧品はやめとけって言ってたけど」

「琥太郎くんはロクに調べもせず、肌に合わないファンデーションを買ってきましたから。ベースメイクは慎重に選ぶものですよ。まあ、気持ちは嬉《うれ》しかったですけど」

嘆息気味に言って、「その点わたしは、綾乃ちゃんが普段何を使っているか全て把握しています」と続けた。

「僕はここで待ってるよ」

化粧品コーナーは、まさしく女性といった匂いが爆発しており得意ではない。また、女性の比率も他の売り場の比ではなく、陰キャには辛《つら》い空間だ。

何より、この空間を男女で歩いていれば、無条件にカップルかそれに類する何かに見られるような気がした。それは沙夜にも琥太郎にも申し訳ない。

「何を言ってるんですか。藤村さんも来るんですよ」

「え、いやでもっ」

沙夜の猛進に反論を挟む余地はなく、京介は服の袖を掴《つか》まれされるがままに足を動かした。

最初に綾乃が好むものを聞いたのは自分だ。向こうからすれば、ここだけ同行拒否することに違和感を覚えているのだろう。

慣れない空気に息苦しさを感じる。

周囲から奇異の目を向けられるのも嫌なため、何でもないように商品を見回した。

煌《きら》びやかな化粧品の数々。これらを綾乃が普段から使用しているのかと思うと、彼女が凄《すさ》まじく遠い存在に思えた。

「結構値の張るものなんだな、こういうのって」

しみじみと呟《つぶや》く中、沙夜は「ピンキリですけどね」と言いながら会計を進めていた。値段は三千円と、おそらく高額な部類だろう。

他人のプレゼントとはいえ、こうも高い化粧品を涼しい顔で購入し何でもないように売り場を闊歩《かっぽ》する彼女は、京介の中坊が抜けきれない瞳には大人に映った。

♥

サングラスを装着し、ターゲットの二人と一定の距離を取り、その動向をうかがう。気分はスパイ映画の主人公だが、やっていることは同級生のストーキングなのだから程度の低さに自嘲してしまう。

バカバカしいとわかっていても、綾乃《あやの》の歩みは止まらなかった。

あの女の子が何者で、京介とどういう関係なのか。本当に彼女なのか。自分には何の関係もないことだが、気になってしまった以上は動かざるを得ない。

現状、あちこちの店を巡っているだけ。会話が弾んでいるようにも見えない。京介は相変わらずの自信なげな表情で、女の子の方は真剣さを表情筋に強制している。

(……初々《ういうい》しい、ってこと?)

お世辞にも楽しそうとは言えないが、しかしお互いにまだ慣れていないだけなら納得もいく。

京介は控え目な性格だ。相手方もはっちゃけたタイプには見えない。付き合ったはいいがカップルがどういうものかわからず、何となくギクシャクする——そんなシチュエーションの少女漫画を読んだなと、綾乃は苦い表情を浮かべる。

（え？　チョコ買うの？）

ささっと柱の陰に隠れ、視線だけを二人に配った。

あの店は、綾乃自身もたまに利用するチョコレート専門店だった。お菓子の中で、チョコレートが一番好き。特にここのは、味はもちろん見た目も可愛《かわい》くて気に入っている。

「これがいいです」

「わかった」

少女が指差したものに対し、京介は一切の迷いなく財布の紐《ひも》を解いた。

これはまったく疑いの余地なく、京介があの子にプレゼントするということだろう。しかもあのスムーズな流れ、京介も慣れていると見るべきだ。

（二人は付き合って長いってことか……‼）

ともすれば説明がつく。

あの会話の弾まなさっぷりは、無駄な言葉などいらないということだ。直接的なコミュニケーションだけが心の交流ではないだろう。熟年夫婦の阿吽《あうん》の呼吸のような、二人だけの世界観がそこにあるに違いない。

（い、いや、考え過ぎ。考え過ぎだって）

肩をすくめて、ふふっと乾いた笑いを漏らした。

まず前提条件がおかしいのだ。決してバカにしているわけではないが、京介に彼女がいるとは思えない。彼の性格を考えれば、誰かと交際していながら自分のような異性と二人で遊ぶことはしないだろう。……と、思いたい。

もう一つ、否定材料がある。それは肉体的な接触が一切ないことだ。

肩が触れる。手を繋《つな》ぐ。腕を組む。カップルならあっても不思議ではないことが、二人の間には一切ない。綾乃の恋愛経験貧弱な少女漫画脳が、これは付き合っていませんと計算結果を弾《はじ》き出《だ》す。

「何を言ってるんですか。藤村さんも来るんですよ」

「え、いやでもっ」

と、少女は京介と共に化粧品コーナーへ歩いて行った。

角度の問題だろうか。二人が手を繋いでいるように見えるのは。

「この前は、ありがとうございました」

少し休憩しようと沙夜の提案で入ったカフェ。テーブル席に案内され飲み物を注文し、お冷を飲みながら沈黙を誤魔化していると、彼女は唐突に口を開いた。

「この前って、詞島《しじま》さんには何にもしてないと思うけど」

「綾乃ちゃんのことですよ。あの二人について、彼女には言ってないんですよね」

「まあ、そりゃあ……」

お礼を言われても困る。あの件に関して、京介は何も言えないし何もしていないのだから。

「正直驚いたよ。ああいうことするタイプに見えなかったから」

「別にわたし、悪口とか陰口が許せないわけじゃないんですよ。そういうの、仕方ない部分があるじゃないですか。誰のことも悪く言わない人なんて、いないと思いますし」

注文していたものが届いた。

沙夜はミルクティーで唇を湿らせて、視線を落としたまま続く言葉を紡《つむ》ぐ。

「でもあの二人は、以前も綾乃ちゃんの悪口を言っていました。表では仲良くしていたのに。馴《な》れ馴れしく近づいて裏で叩《たた》くとか、人間として終わっています。最近はあまり仲良くしていなかったのに、またグチグチ言うなんて反吐《へど》が出ますよ」

迷いも淀《よど》みもなく、沙夜は堂々と言い切った。

沙夜は綾乃のファンだからあのような行動に出たのだと思っていたが、こうして実際に訳を聞くにそれだけではないような気がした。琥太郎《こたろう》やその他の友達でも、彼女は臆さず立ち上がっただろう。

「……詞島さんのこと、尊敬するよ。あんな立派なこと、僕にはできないし」

「立派かどうかはともかく、藤村《ふじむら》さんもわたしにはできないことをしているのでお互い様だと思います」

「いや、そんなとこで謙遜されても」

「藤村さんは、綾乃ちゃんとまったく共通点がなさそうなのに仲良くしていますから。それは単純に、他の人にない魅力があるからだと思います」

考え過ぎだとは思ったが、口には出さなかった。自分を卑下すると、また綾乃に怒られるような気がしたから。

そういうことにしておこう。事実がどうあれ、沙夜から悪感情を抱かれていないのなら、わざわざ口を出す必要はない。

「それで、藤村さんに聞きたいことがあるのですけど」

ついに来た、と京介《きょうすけ》は身構えた。

今日という日は、この『聞きたいこと』と引き換えに設定されたもの。十中八九綾乃についてだとは思うが、答えにくいものでないことを切実に願う。

と、その時――。

沙夜のすぐ後ろ、自分たちに背を向ける形で、サングラスの女性が席に着いた。

右耳に輝くイヤリング。亜麻色のノースリーブの上から白のシアーシャツを羽織り、赤銅《しゃくどう》のワイドパンツは足の長さを強調する。出るところは出て、締まるところは締まり、誰もが目を引く美貌を振り撒《ま》く。

(な、何で佐々川《ささがわ》さんがここに……！)

沙夜の視界には入っておらず気づいていない様子だが、少しでも振り向けば勘づくだろう。後ろ姿だけでも、サングラスをかけていても、彼女のアイデンティティは隠しようがない。

「最初に断っておきますが、変な意図はないです。ただの興味というか、まあ女子トークに付き合うくらいの感覚でいてください」

「は、はあ……」

綾乃の後頭部から目が離せない。

まさか気づいていないとは思えない。ここに自分たちがいるとわかった上で、あの席に座ったのだ。なぜ、どうして。疑問符ばかりが頭上を占拠する。

「藤村さんって、綾乃ちゃんのこと好きなんですか？」

♥

カフェに入られてしまい、会話はもちろん衝立《ついたて》のせいで姿も確認できなくなった。

どうするべきか。

このままやめてしまうのが最善だとわかっていても、正しい選択がいつだって納得のいく選択というわけではない。ハッキリさせなければ飲み込めない唾もある。

「よ、よし……っ！」

意を決して店内に足を踏み入れ、どうにか二人の後ろに陣取った。

バレてはいないはず。これで何を話していても筒抜けだ。さぁこいと、綾乃はわずかに口角を上げる。

「藤村さんって、綾乃ちゃんのこと好きなんですか？」

頭が真っ白になる、というのは今この状況を指すのだろう。

空白になった部分はたちまち疑問符で埋まり、凛《りん》と引き締めた表情は呆《ほう》けてゆく。

カップルではなかったのか。なぜ自分のことを知っているのか。もしや修羅場というやつか。綾乃はさっと振り返り、京介を一瞥《いちべつ》した。彼もまた、ひどく混乱しているように見える。

「本当に興味本位で聞いてるだけですから。一緒にいるので、気があるのかなって思うじゃないですか。学校では聞きづらいので、こうして回りくどいことしますけど、ただ気になるだけです」

「……あー、えー、好きとか嫌いとかじゃなくって。向こうからの圧がすごいというか、なし崩し的に交流しているというか……」

「じゃあ、嫌々相手をしてるんですか?」

「ち、違っ。だ、だから、えーっと……」

段々といたたまれない気分になってきた。

京介が一人を好むことはわかっていた。そこを無理強いして遊びに誘っていることも理解はしていた。だがこうして実際に聞かされると、お前は自分勝手な奴《やつ》だぞと言われているようで心が痛い。

「……中学の時に、僕は友達を裏切ったんだ」

消え入るような声で落ちた言葉を、綾乃の鼓膜は確かに拾い上げた。

「元々誰かと話すのとか得意じゃないんだけど。余計に、また裏切るくらいなら、誰とも話さなくていいかなって……」

後ろへ視線を配ると、京介はいつもより小さく縮こまってテーブルを見つめている。

「でも佐々川さんは、こんな僕でも気にかけてくれて、仲良くしたいって言ってくれるし」

京介は、ふっと顔を上げた。

「だから、好きとか嫌いとかじゃなくて、大事にしなくちゃって……思う。今度は、間違えないように」

墨色の瞳は、少女ではなくこちらを捉えていた。

♠

その後、綾乃《あやの》はコーヒーを一杯飲んで席を立った。

沙夜《さよ》は終始気づいていなかったが、これで良かったと京介は胸をなで下ろす。顔を合わせていたら、主に沙夜が大変面倒なことになっていたことは想像に難《かた》くない。

「じゃあ、わたしはここで」

お互いにコップの中身を空にしたところで解散する運びとなった。もちろん異論はなく、

「今日はありがとう」と頭を下げて別々の帰路につく。

時刻は午後四時過ぎ。

帰宅するには若干早いかなと思い、本屋にでも行こうと足先を駅から逸《そ》らす。別に買いたい本はないが、時間を潰すにはちょうどいい。

ブブッ――。

ポケットにしまったスマホが震える。見ると、綾乃から通知が来ていた。

【あやの：もう帰っちゃった？】

その問いは、あの席にいた人物が綾乃であることを証明していた。

【きょー：まだだけど】と返信すると、即座に既読が付き、

【あやの：今は一人？】

【きょー：うん】

高架橋の上を電車が通過した。

【あやの：一緒に帰ってもいいかな】

日曜日に浮つく雑踏の喧騒《けんそう》を後押しするように、車輪の音は夕暮れへと駆けてゆく。

第10話　好きだよ

♠

駅で合流した綾乃は、買い物帰りらしく紙袋をいくつか持っていた。

顔を合わすが、何となく気まずい。「そろそろ来るぞ」と京介は改札へ急ぎ、その足で電車へ乗り込む。曜日、時間帯と混雑する条件は揃《そろ》っており、座ることはできなかった。

（……ち、近い……っ）

乗客に押され端へと追いやられ、京介は壁を背に立っていた。

すぐ目の前には綾乃。直視できないものが眼前にそびえているため、瞳を伏せて羞恥心に頬を染める。

「ねえ……藤村っ」

ぼそっと耳打ちをするような声に、京介はビクッと肩を上下させた。

「一緒にいた女の子、誰？」

「……詞島さん。ほら、一緒のクラスの」

「えっ。何で？」

京介のことさえ記憶していた彼女のことだ。詞島《しじま》沙夜を知らないわけがない。

だからこそ、疑問に思ったのだろう。まったく接点が無さそうな二人が、一緒にいることを。

どうしたものか。

サプライズを計画している以上、本当のことは言えない。しかし、どう誤魔化せば納得して貰《もら》えるのかもわからない。

彼女だとか、幼馴染《おさななじ》みだとか、関係性を捏造《ねつぞう》すれば逃れようはあるが、それは最悪向こうに迷惑がかかってしまう。それだけは避けなければ。

「……そ、そっちこそ、何であんなとこいたんだ？　もしかして、付け回してたのか？」

たまたま居合わせて、自分に声をかけようと思ったが、連れがいたから断念した。実際はそんなところだとは思うが、今ここで重要なのは話題を逸らすことだ。質問の内容はどうでもいい。

「えっ……？　あ、えっと……」

ふっと上目遣いで確認した彼女の顔色からは、静かな狼狽《ろうばい》が滲《にじ》み出《で》ていた。

なぜ視線を泳がせる必要があるのだろう。京介が小首を傾《かし》げると、綾乃は「た、たまたまっ」と語気を強めて言った。

綾乃の白磁の肌に、薄《う》っすらと秋の気配が染《し》み込む。恥ずかし気に噛《か》み締《し》めた唇は開く様子を見せない。その熱の所以《ゆえん》はまったく摑《つか》めないが、京介《きょうすけ》はひとまずほっと息を漏らした。

「あれ、だけどさ……」

「あれ？」

「私のこと、どうとかって。話してたでしょ」

もにょもにょと若干口ごもりながら言った。好きなのか嫌いなのか、沙夜に聞かれた時のことを指しているのだろう。

「藤村《ふじむら》さ……私のこと、見てたよね」

「いるって、気づいたから」

「……大事にしたいって、本当？」

既に伏せていた京介の双眸《そうぼう》には、今綾乃がどういう顔をしているのか映らないが、恥じらいに焦がしていることは容易に想像できた。京介もまた、同じ心境だから。

あの言葉に噓《うそ》偽りはないが、こうして今一度確認を取られるのは中々辛《つら》いものがある。ここでまた顔を上げる勇気があるなら、もう少し直接的に感情を伝えている。

「…………ん、んぅ」

絞れるだけの気合を振り絞って喉から溢《あふ》れた言葉に、京介は深く落ち込む。

うん、と。ただそう言いたかった。にも拘《かか》わらず滲み出た音はあまりにも気持ち悪く、電車の走行音でかき消されてしまえと切に願う。

「じゃあ、好きか、嫌いかだけ……教えて」

京介の返答が聞こえなかったのだろう。その代わりとして投げかけられた質問に、何を言ってるんだこいつはと反射的に顔を上げる。

そこにあったのは、照れ臭そうにしながらも真剣な表情。深海色の両の瞳は逃がしてくれそうにない。

チョコレート菓子の入った紙袋の持ち手に、じわりと熱い汗が染み込む。

「フツーは、ダメだから」

退路を塞がれ、京介はギリリと歯噛《はが》みする。

なぜ口に出して欲しいのだろうと、頭の中はそのことでいっぱいだった。

友達として綾乃は申し分なく魅力的だし、好きか嫌いかの二択で後者を取るわけがない。

嫌いな人物と友達にはならない。

「私も言うから、そしたら藤村も言ってね」

その囁《ささや》きは吹けば消えるような声量だが、京介にとっては稲妻の如《ごと》き衝撃だった。

空気よりもずっと比重の重い吐息が、頭頂部に落ちて後頭部や耳の後ろを通って足先まで垂れてゆく。自分の心臓の音が耳障《みみざわ》りで仕方がない。

頭の上で、綾乃がわずかに口を開けたような気がした。

京介は彼女のすらりと伸びた脚を見ながら、短い呼吸を繰り返す。

「や、やめてくれっ」

彼女の服の袖を引っ張り懇願する。

「言われなくても、わ、わかるから。たぶん、僕の勘違いじゃなければ、わかってるから

……！」

友達として好きか嫌いかを告白することは、綾乃にとって造作もないことなのかもしれない。

だが、京介にとっては違う。それが友達としての評価だろうが何だろうが、向けられている感情を明確にされた時、彼女とこれまで通り関われる自信がない。

好かれていれば、嫌われたくないと不安になるし。

嫌われていたら、きっと諦めてしまう。

それならもう、曖昧でいい。灰色のままで構わない。

「……へえ、わかるんだ」

少し拗《す》ねた声と共に、空いた片腕をゆっくりと京介の背中に回した。細い指はゆっくりと背中を撫《な》で、首筋を通り後頭部へと流れてゆく。

「ちょ、おいっ」

「後ろ、押されて」

だからといってこの体勢はおかしいだろと言いたいが、そんな口は彼女の服で塞がれてしまった。香水か体臭か、もしくはその両方か、甘い香りに意識が遠くなる。

「――私も、ね」

周囲の喧騒も電車が軋《きし》む音も、鼓膜は一切の情報を遮断して彼女の声だけを拾った。

「私も……藤村の気持ち、わかるよ。……勘違い、かもだけど」

きゅっ、と。後頭部に添えられた手に力が灯《とも》る。

それはほんのりと温かく、同時に弱々しい。わずかに震えを感じるのは、発言に自信がないからだろうと、京介は思った。

前にも同じようなことがあった。

綾乃《あやの》を東條《とうじょう》から救った翌日、食堂へ誘われた日のこと。あの時も綾乃は、とても自信なげな顔をしていた。

いつも自信満々な雰囲気を振《ふ》り撒《ま》いて、笑顔もほとんど絶やさないで。

それなのに時折見せるその脆《もろ》さは、一体どこから来るのだろう。

そっと、京介は彼女の背中に腕を回した。

気づかれないよう、触れるか触れないかのギリギリ。今はまだ、この距離感。これ以上は恥ずかしくてままならない。

だが綾乃は気づいているようで、頭の上でくすりと笑ったような気がした。

♥

電車を降りて、真っ先にトイレへ向かった。

鏡の前に立つと、頬から未《いま》だ赤みが抜けていないことがわかった。手のひらに残った京介の髪の感触を思い出しながら、大きく息を吸って吐き出す。

「よかったぁぁぁぁぁ……！」

京介をつけ回して、沙夜《さよ》との関係を疑って。

思い返すと、あまりにバカ丸出しな行為で笑い話にもならないが、彼女でなくて心底安心した。

（付き合ってる人いたら、遊びに誘いにくくなっちゃうもんね。そういう安心だから、これ）

誰に対してなのか綾乃自身よくわかっていないが、そう言って聞かせてうんうんと頷《うなず》く。

（晩ご飯でも誘えばよかったかな）

もう少しで京介とお別れだ。

せっかく休みに会えたのに、それは少し物悲しい。

だが、向こうには家でご飯を作って待っている家族がいる。自分のためにわざわざ食事は不要だと連絡させるのは申し訳ないし、家で食べるからと断られたら傷つく。

またの機会にすればいい。今日は、残り少ない時間を楽しまなければ損だ。

グロスを塗り直し、他に変なところがないか鏡と睨《にら》めっこ。

前髪が決まらないような気はするが、どこが具体的におかしいかはわからない。京介を外で待たせている以上、あまり時間をかけられないため手櫛《てぐし》でささっと弄《いじ》る。

「…………あれ？」

その異変に気付いた瞬間、さーっと全身から熱が引いていくのを感じた。

お気に入りのイヤリング。

その片方が、左耳から消えていた。

♠

綾乃がトイレから出てくるのを待ちながら、京介はスマホで適当なニュースを流し読みして気を紛らわせていた。

後ろから押されたからと綾乃に抱き寄せられ、それに応えるように腕を後ろへ回してしまったことが、今になって猛烈に恥ずかしくなってきた。

向こうは本当に後ろから押され、致し方なくあのような体勢になったのかもしれない。だが、自分はどうだ。あの立ち位置、あの姿勢で、彼女に触れようとする必要は一切なかった。

(ど、どうしよう……)

気持ち悪いと思われたら。セクハラだと訴えられたら。

そんな不安を脳裏でビュンビュンと過《よ》ぎらせながらも、彼女は嫌がっていなかっただろと、都合のいい解釈も産声《うぶごえ》をあげる。

確かに嫌がってはいなかった。密着してきた際も満更ではなさそうだった。頭に触れた手の感触も、顔を覆った体温も、心地のいいものだった。

（……何を考えてるんだ僕はっ）

気持ち悪い妄想がもわもわと膨らみ、それらを追い出そうと頭を左右に振った。口元の緩みを律するため、頬をつねって鞭《むち》を打つ。

勘違いしてはいけない。期待してはいけない。自分はただの友達なのだから。

「あっ」

すっと、綾乃がトイレから出てきた。

声をかけかけて、口を噤《つぐ》む。

だらりと垂らした両腕。手からは、今にも紙袋が解け落ちそう。双の瞳に力はなく、雨に濡《ぬ》れた子犬のような情けない光を宿す。

「だ、大丈夫か……？」

明らかに正常ではない。

綾乃の瞳に、薄っすらと熱いものが滲《にじ》んだ。それはポロポロと大粒の涙になって零《こぼ》れ、頬を伝って顎先から地面へ落ちてゆく。

「な、失《な》くし、ちゃったの……」

グスグスと、嗚咽《おえつ》混じりに声を紡《つむ》ぐ。

「イヤリング……片方、どこで落としたか、わからなくって……っ」

その場でしゃがみ込み泣く姿に、彼女が自分と同い年であることを思い知らされた。

卓越した美貌を持っていても、周りよりずっと大人びていても、立派にお金を稼いでいても、一皮めくれば自分と何ら変わりない。

（あれのことか……）

綾乃の右耳に光るそれは、以前ＤＶＤのレンタルに行った際に付けてきたのと同じものだった。

あの時、お気に入りだと彼女は笑った。こうして涙を流すほど落ち込むということは、よほど大切なものなのだろう。

（そういえば、カフェで見た時は右耳にあったことしかわからなかったな）

京介《きょうすけ》の頭は、自分でも予想外なほどに澄み切っていた。

冷静に、沈着に、どうするべきか思案する。

「と、とりあえず、そこは邪魔だから。あと、ハンカチ使って」

綾乃の腕を取り、半ば強引に立ち上がらせた。

悲しいからといって、トイレの出入り口を塞いでいい理由にはならない。次いでハンカチを渡して、涙を拭うよう促す。

「ちょっと駅員さんに聞いて来る。電車内で見つかるとは限らないから、一応今日行った場所に戻ろう」

「……えっ？」

「誰かが店に届けてるかもしれないし、道に落ちてたら交番に届けてるかも。じゃなくても、今ならまだ僕たちで見つけられるかもしれないだろ」

酷《ひど》い気休めを吐いたなと、我ながら思った。

携帯や財布ならともかく、道端でイヤリングの片方を拾ったとしても、京介ならわざわざ交番には届けないし、そもそも小さくて目にも留まらないだろう。見つかる可能性は限りなく低い――しかし、ここで何も行動せずにただ慰めることが正しいとは思えない。

綾乃にとって大切なものなのだ。

背中をさすって優しい言葉をかけるのは、全力で捜したあとでもできる。

綾乃がある程度落ち着くまで休憩を挟み、すぐさま上り電車に飛び込んだ。

涙こそ止まったものの、落ち込み方が尋常ではない。今にも消えそうな蝋燭《ろうそく》の火を思わせる表情に、こちらまで不安になってくる。

彼女もわかっているのだろう。見つかる可能性が、限りなくゼロに近いことを。

「駅員さんも捜してくれるって言ってたし。見つかるまで、僕も付き合うから」

「……うん」

少しでも空気が改善されないか虚勢を張ってみるが、沈み切った声が浮上してくることはなかった。

電車を降りて来た道を引き返す。途中交番に寄るも収穫はなく、電光頼りの街を地面と見つめ合いながら練り歩く。

空は段々と夜の表情を見せてゆき、酒気を帯びた通行人も増えてきた。

ポケットの中のスマホが何度か震え、おそらく親からの連絡だとは思うが、今はあえて無視しておく。

「もういいよ。暗くなってきたし……」

「まだ全然捜してないだろ」

「どうせ見つからないって。……それに、藤村《ふじむら》に無駄な時間使わせたくない」

わずかに震える声は、どうにもならないことを覚悟しているからだろう。

ピタリと、京介は足を止めた。それに気づかず綾乃は二歩ほど先行してから立ち止まり、

「どうしたの」と振り返る。

「無駄じゃない」

残春の肌寒い風が、雑踏の隙間を縫うように流れてゆく。

「ぼ、僕は……佐々川《ささがわ》さんに泣かれるのはすごく嫌だしっ」

上手《うま》く言葉がまとまらない。所々噛んでしまう口が憎い。

「何時間かかっても捜すから。こんなのは僕の自己満足だし、そっちこそ付き合わせて申し訳ないっていうか……」

感情ばかりが喉の先を行って、理路整然と話せていないような気がする。

難しいことを言うつもりはないのに。

（って言っても、どうするんだよこれ……）

何時間でもとはいうが、帰らないわけにはいかない。あと二、三時間は大丈夫だが、それを過ぎれば警察に補導されてしまう。

綾乃の弟、ということにすれば回避できるだろうか。はたから見れば、大学生と中学生の姉弟に見えなくもない。

いやいや、と京介は首を横に振った。補導された時のことばかり考えてどうする。

まずは百貨店に行って、落とし物がないか聞いて。今日立ち寄った店を巡って、道もまなく調べて。

想像するだけで気が遠くなるような作業だ。

「ん？」

ぶーっと、長いバイブ音。ポケットの中で電話が来たと知らせる。

メール等《など》ならともかく、電話を無視するのは憚《はばか》られた。取り出して画面を見ると、かけてきたのは沙夜《さよ》だった。

「誰から？」

「詞島《しじま》さん。何だろ、わざわざ電話って」

道の脇に逸《そ》れて、「もしもし」と眉をひそめて言う。

『あ、すみません。至急確認して欲しいことがありまして』

「え、確認？」

『今服を選んでて。そしたら試着室でイヤリングを拾いまして――』

ハッと目を見開いて、綾乃《あやの》に視線を流した。その動作に何かを悟ったのか、彼女の瞳に若干だが活力が戻った。

『綾乃ちゃんがお気に入りって言ってるのにそっくり……っていうか、たぶん同じものだと思います。写真送るので、一応本人に聞いてもらっていいですか。まさか、違うとは思いますけど……』

『よろしくお願いします』と通話が切れ、ほどなくして写真が送られてきた。

それを綾乃と共に確認し、ふっと数秒の沈黙を置いて、お互いに目を見合わせる。

「「これだ！」」

すぐさまアパレルショップに向かい、沙夜が店員に預けていたイヤリングを受け取った。

今日この店で服を購入したらしく、試着の際に落としたのだろう。

大切なものが見つかって最初は大喜びな綾乃だが、ふっと突然雲がかかる。

「沙夜ちゃんはさ、これを私のだと思って、藤村に連絡したんだよね？」

「そう、だな」

「何で私のってわかったんだろ。学校に付けてったことないし、沙夜ちゃんとは喋《しゃべ》ったこともないのに」

それはたぶん、綾乃のことを誰よりも熟知しようとファン活動に熱を上げているからだ——と言えるはずもなく、「何でだろうな」と不格好に笑って誤魔化した。

だが、最早《もはや》隠しようがない。明日にでも何らかの接触があることは明白だ。

頑張れ、と心の中でエールを送る。今はまだ何も知らない、沙夜に向かって。

「藤村、時間大丈夫？　家の人、心配してない？」

時刻は午後七時に迫ろうとしていた。

スマホを見ると、母親からのメッセージが数件。どうやら今日は外食に行く予定らしく、帰宅もせず連絡も寄越さない息子に対し怒り心頭で、冷蔵庫にあるもので済ませなさいと怒り顔のブタのスタンプが押されていた。

「……大丈夫、だと思う」

中学生の頃は、何をするにももう少し献身的だった。こうして置いてけぼりを食らったのは、高校生になった証拠だろう。

それより心配なのはチョコレートだ。大丈夫だとは思うが、随分と外を連れ回したため溶けていてもおかしくない。早く冷蔵庫にしまわないと。

「ご、ごめんねっ。泣いたり、落ち込んだり、本当は私が一番頑張って捜さなきゃなのに！」

「謝らなくていいから、もう失くさないでくれよ。高価なものなんだろ」

落とした場所がたまたま試着室という見つけやすい場所で、拾った人間がたまたま綾乃の大ファンで、たまたまその人間と京介に繋《つな》がりがあったから、こうして短時間で発見できたのだ。まさしく奇跡、本来ならこうはいかない。

「別に高いわけじゃないんだけど……」

ハンカチの中にしまったイヤリングを両手で包み、どこか遠いところを見るような目で物悲しい笑みを作る。

「これ、ママに買って貰《もら》ったものだから」

愛《いと》おしさと切なさが共存する声音と共に、綾乃はすっと目を細めた。

その動作に、表情に、京介の胸中に疑念が生じた。

親に買って貰ったものが大切なのはまったく当然のことだが、それだけのことであそこまで落ち込むものだろうか。あの絶望は、そう簡単に出せるものではないだろう。

と、いうことは――。

いくつかの可能性を脳内で描いたところで、これ以上はやめておこうと筆を置いた。

詮索はよくない。当人が許さない限り、特殊な事情に踏み込むのは失礼に当たる。

「……じゃあ、まぁ、帰るか」

と、踵《きびす》を返しかけて。

綾乃の伸ばした腕が、京介の空いた手を捕らえた。しなやかな指が手のひらに絡《から》まり、そのままぐいっと引き寄せられる。

百貨店の壁際《かべぎわ》。誰かの帰路の脇道。

綾乃は、じっと京介を見つめる。互いの手にジトッと汗が滲《にじ》み、湿っぽい温度を交換し合う。

「好きか嫌いかって、話の続き、だけどっ」

ギュッと。彼女の手に力がこもった。離さないように、どこへもやらないように。

瞳は輝いて、頬から耳へと朱色に変わった。耳にかけていた艶《つや》やかな黒髪がさらりと零《こぼ》れ、京介《きょうすけ》の額を優しく撫《な》でる。

「私、好きだよ。藤村のこと」

誰にも聞こえないよう、京介にだけ贈るよう、耳元で囁《ささや》いて。

二歩、三歩と後ろに下がり、「友達としてね」と言ってはにかんだ。

ある日の2人『寝落ち』
あやの
キンキンキン！！
0:01
きょー
既読 0:03
カンカンカン
あやの
私の勝ち
0:03
きょー
既読 0:03
ルールがわからん
あやの
罰ゲームに寝落ち電話ね
0:03
あやの
音声通話 1:45
1:49
きょー
1:50
僕の勝ち
きょー
おやすみ
1:50

第11話　僕をあげる

面倒なことになってしまった。

そのメッセージが来たのは昨晩のことだ。

寝る前に綾乃と他愛もない雑談を交わすのが、最近では習慣になっていた。あのテレビが面白かったとか、道で見かけた野良猫《のらねこ》が可愛《かわい》かったとか、意味のないスタンプの送り合いをしていると、彼女は不意に一枚の写真をあげた。

【沙夜ちゃんに貰った！　誕生日プレゼントだって！】

喜ぶ犬のスタンプと共に貼られたその化粧品は、あの百貨店で購入したものに間違いなかった。

真っ先に脳みそを巡ったのは、いつの間に仲良くなったのだろう、という驚きだった。

イヤリングの一件で何らかの接触はあると確信していたが、どうやら京介の知らないところで関係性の構築が完了したらしい。

直接話したら死ぬだの何だのと言っていたが、当然ながら死んではいない。

まあ、それは別にいい。沙夜が憧れの人物と仲良くなれたことは、とても喜ばしいことだ。

問題なのは、

【沙夜ちゃんが、藤村《ふじむら》もすごいプレゼント用意してるって言ってたから、楽しみにしてるね！】

沙夜がサプライズをバラした上に、凄《すさ》まじくハードルを上げたことである。

中間テストが目前に迫っているのもあり、授業はあまり進まずほぼ自習のような流れで、部活動も休止期間に入っていた。

今日全ての授業が終了すると、遊びに行こうとか、勉強会をしようとか、色とりどりの声が室内に充満した。普段部活があり時間が合わない友達とも、この期間だけは気兼ねなく遊ぶことができる。勉強自体もまだそれほど難しいわけではないため、気が抜けているのもあるだろう。

京介はつい昨日まで予習復習に精を出し、怠惰な毎日なのだからテストくらいはちゃんと、と思っていたが、今はそれどころではなかった。

綾乃の誕生日まで、残り一日。

昼休み後に仕事で早退した彼女の席を一瞥《いちべつ》して嘆息を漏らす。

沙夜が口走ってしまった、すごいプレゼント、という言葉が頭から離れない。

「あ、あのぉー……」

帰り支度を済ませた沙夜が、猛獣の機嫌をうかがうような苦い笑みを浮かべ、そーっと京介に近寄って来た。ジロリと睨《にら》むと、京介に迫力がないせいで怖がられこそしなかったものの、口角を上げたまま額に汗を滲ませる。

「ち、違うんです。聞いてください」

「……ああ」

「わたし、綾乃ちゃんと仲良くなれたんです」

「そりゃあ、よかったな」

「で、その、直接プレゼントを渡したくって」

「うん」

「その時、百貨店でのことを聞かれたんですよ。なんか綾乃ちゃん、わたしたちのこと見てたらしくて」

「それで？」

「藤村と一緒にプレゼント買ったのって聞かれたので、わたしは頷《うなず》きました」

「……」

そこだ。そこがおかしい。

京介の訝《いぶか》し気な表情に言いたいことを察したらしく、「だって！」と沙夜《さよ》は机に乗り出す。

「綾乃《あやの》ちゃんに嘘《うそ》をつけっていうんですか!?」

普段授業中以外では喋らない沙夜が大声を出したからだろう。周囲からの視線が突き刺さり、沙夜は気まずそうに咳払《せきばら》いする。

「……バラしたならバラしたでいいんだよ」

サプライズという案を出したのは琥太郎《こたろう》だ。京介はそれに賛同したが、積極的にやりたかったわけではない。プレゼントを渡すと告知しても、綾乃は喜んで受け取ってくれるだろう。

「何だよ、すごいプレゼントって。僕は聞いてないぞ」

「……それは、その、リップサービスというか。藤村さんからのプレゼントに、とても期待していたようなので……」

もごもごと口ごもり、数秒間の沈黙を経て、「ほんと、ごめんなさい」と頭を下げた。

京介は別に、怒っているわけではなかった。心から憧憬する相手と話して気持ちが舞い上がり、思考能力が機能しなかったのだろう。それはもう仕方がない。

この感情は、単純に焦《あせ》りだ。

チョコレートを渡しても喜ぶとは思うが、すごい、には該当しないだろう。肩透かしを食らわせ、ガッカリさせてしまうのは想像に難《かた》くない。

「おい沙夜、早く帰ろーぜ」

教室の開きっぱなしの扉から、ぬっと琥太郎が現れた。

久々に見た彼は、腕以外の怪我《けが》はすっかり治っており、沙夜との関係も通常時に戻っているようだ。琥太郎は、京介と沙夜が話し込んでいるのを見るなり、「どした？」と教室に入って来た。

「それが……」

沙夜の口から語られたことの顚末《てんまつ》に、琥太郎は適当な席についてふむふむと相槌《あいづち》を打った。全て聞き終えるなり、琥太郎は「なるほど」と京介に視線を配り、

「俺の出番だな」

その自信はどこから湧いて来るのか、ニヤリとやり手の軍師の如《ごと》く笑う。その表情に、二人は冷ややかな風を送る。

「おいおい。俺はこれまで、沙夜にどでかいプレゼントを渡しまくってるんだぜ」

「その大半がわたしを怒らせてますけどね」

「だったら、頼る相手は決まってるよな」

「わたしの話聞いてます？」

「俺以外にねえだろ」

「サナダムシの方がまだマシだと思いますよ」

　まったく話を聞かない琥太郎と、絶対にアドバイスをさせまいとする沙夜の攻防を傍目《はため》に、イチャイチャは家でやれと京介は呆《あき》れた笑いを漏らした。

　確かに琥太郎のアドバイスはまったくあてにならないような気はするが、今はとにかく情報が欲しい。

「東條《とうじょう》ならどうする？　僕の立場で、佐々川《ささがわ》さんにすごいプレゼントを渡すとしたら」

「無難なとこは手作りケーキとかじゃねえか。誕生日だし、スペシャルな感じするだろ」

　思いのほかまともな発言に沙夜はやや動揺しながら、やるじゃねえかお前と言いたげな目で琥太郎を見た。京介も正直まるで信頼していなかったため、真っ当な案に感心する。

「でも、僕、ケーキなんか作れないぞ。設備もないし」

「炊飯器とかでもできないことはないですが、一朝一夕で美味《おい》しいものを作るのは難しいですね」

「んなもん気持ちがこもってりゃ十分だろ。下手でもよぉ」

「……それはそうですけど、美味しくもないお菓子を食べるのって大変ですよ。しかも綾乃ちゃんは、普段から食事制限とかしてるのに」

「んー、そりゃそうか」

そもそも、美容にも体型維持にもいいからとダークチョコレートを購入したのだ。ここで素人《しろうと》丸出しのカロリー爆弾を贈るのは、京介としては気が引ける。

「ぶっちゃけ、金をかければどうとでもなるような気はするが。そこんとこどうなんだよ、フジ」

「……まだバイトも見つかってないし、五千円くらいなら何とかなるけど……」

「綾乃ちゃんが心配するんじゃないですか？　高価なものとかって」

「じゃあ、金がかからなくて、確実に喜びそうで、スペシャルなもの、ってことか」

狭まる条件に、一同は眉間にしわを作って頭を捻《ひね》った。

「詞島《しじま》さんはさ……その三つの条件で、東條から何か貰《もら》うとしたら何がいい？」

「琥太郎くんからですか？　うーん……旅行券とか？」

「俺と一緒にどっか行きたいってことか？」

「一人でゆっくり温泉旅とか憧れますよね」

「俺は?」

「いやその前に、お金かかるから、それ……」

「冗談です」と咳払いして、チラリと琥太郎を一瞥した。その視線の意図がわからず、琥太郎は怪訝《けげん》そうに首を傾《かし》げる。

「髪の色を戻して欲しいです。その目に悪い金髪から、元の黒に」

「えっ。でも、これはお前が」

「もういいでしょ、それ。いつまでやってるんですか」

琥太郎は何か言いかけるも、沙夜に言葉を被《かぶ》せられ口を閉じた。釈然としない表情で前髪を弄《いじ》り、「結構気に入ってるんだけどな」と弱々しく呟《つぶや》く。

「……えっと、プレゼントですけど、何かを買うことにこだわる必要はないのかなと。肩たたき券とか、ああいう感じで」

「あぁ、なるほど」

確かにそうだ。小さい頃は母親にお手伝い券を贈ったたし、父親にはお酌券を贈った。何かしら権利を渡す、というのはありかもしれない。

「東條は、詞島さんから貰うとしたら何が欲しい? さっきの条件の中で」

「そりゃあ、フジ、あれだろ。あれに決まってる」

ふふんと得意げに鼻を鳴らして、

「沙夜が欲しい」

「土に還《かえ》ってください」

渾身《こんしん》のキメ顔に、沙夜はつららの如き眼光を送った。「ふざけないでくださいよ」と先ほどの自分を棚に上げる沙夜に、琥太郎はむしろ誇らしげにガハガハと笑う。

その二人のやり取りを見ながら、京介《きょうすけ》はそっと視線を伏せて唇を開いた。

「……僕をあげるってのは、ありだな」

第12話　可愛《かわい》くするから

♥

誕生日の朝は、いつも嫌な夢を見て目を覚ます。

「……」

汗で湿った背中と乾いた口内の感触に、起床したことを半休止状態の頭で理解した。のそのそとベッドから出て、うんっと身体《からだ》を伸ばす。

どういう夢だったのかは既に記憶の彼方《かなた》だが、目覚めが最悪なことは確かだ。

しばらくぼーっと立ち尽くし、何の気なしにスマホを手に取った。通知が一件、昨日から今日になる瞬間に京介からメッセージが来ている。

【きょー：誕生日おめでとう】

その一文に、少しだけ身体が浮き上がるような感覚を抱いた。

ありがとう、は取っておこう。今日、直接顔を合わせる時まで。

その日の京介の足取りは重かった。

綾乃にプレゼントを渡さなければならないということへの緊張もそうだが、今一番頭の中を占領しているのは深夜に送ったメッセージについてだ。

『誕生日おめでとうって、日付が変わる瞬間に言うといいぞ』

という琥太郎の助言に従い、眠い目を擦《こす》りながら連絡した。

だが、何の返事もない。既読が付いているのに。

時間が時間だ。疲れて帰って来て、ようやく休めたのに通知音で起こされ、苛立《いらだ》っているかもしれない。ふざけんなくそチビ、とか思われているかもしれない。

（東條に従っちゃダメだろ……）

沙夜はあの男の気遣いという名の押し付けに何度も怒っている。状況を鑑《かんが》みれば、参考にすべき男ではない。

しかし、あの自信満々の顔と迫力で言われると、陰キャの血が従え抗《あらが》うなと背中を押す。

何よりも、自分の周りに頼れる同性が彼しかいない。

「ふーじっむら！」

学校の校門が見えてきたところで、ドンッと両肩に衝撃がのしかかった。

振り返らずとも、それが誰かはわかる。横目に映った綾乃《あやの》は、長く艶《つや》やかな漆黒の髪を珍しく三つ編みにして胸元に垂らしていた。ふわりと甘い香りが鼻腔《びこう》をくすぐり、恥ずかしいような嬉《うれ》しいような感覚が頬を焼く。

「おはよう。わざわざ夜に、ありがとね」

「……あ、あぁ、うん」

横を歩き出した彼女の青い瞳がぱちりと瞬《また》いた。あのメッセージについて鬱陶しがられていなかったことに安心し、京介はいつもの数割増しでキョドりながら返答する。

「私の方が一個お姉さんだね」

「まあ、そうだな」

「お姉ちゃんって呼んでみて」

「何でだよ」

「私、今日誕生日だけど？」

本日の主役です、と言いたげに鼻息を漏らして、京介に期待の眼差《まなざ》しを送った。

京介は小さく嘆息して、「お姉ちゃん」と小鳥が鳴くような声量で返した。こんなものでも嬉しいらしく、綾乃はよしっと小さくガッツポーズを作る。

（そんなにはしゃぐもんか、誕生日って）

やれやれと内心肩をすくめながらも、自然と口元が緩むのを感じた。彼女のこういう子供っぽい性格は嫌いではない。

「ねえ、藤村《ふじむら》」

「ん？」

「ふふふーっ」

「いや何だよ」

「呼んだだけ」

とんっと肘で小突いて、綾乃はにまにまと笑う。

それがプレゼントの催促だとわからないほど、京介は鈍感ではなかった。

（こっちにも心の準備ってものがあるんだから……）

苦々しい表情で地面を見つめた。

今ここで渡してしまうのが一番手っ取り早いが、こうも周りに人がいる状態では難しい。

教室でも妙なことをすれば無駄に目立ってしまう。

「今日、学校終わったあと暇してる？」

「特に予定はないけど」

立っていた。

「映画でも流しながら」という一言に、勉強などまるでする気のない強固な意思がそびえ立っていた。

テスト前の勉強会でまともに勉強をしたためしがない。中学の頃に何度かやったが、最終的にはスマブラ大会かマリカー大会になるのが常だった。

しかし、これは好都合。

綾乃の部屋なら他に誰の目もない。彼女もそういう意図で誘ったのだろう。

京介は彼女を横目に、「ああ」と頷《うなず》いた。

カリ、カリカリ……。

部屋に響く、シャーペンの芯とノートの表面が擦れる音。時計の長針がカチカチと歩き、キッチンの蛇口から時折ぽちゃんと水滴が落ちる。

カーペットの上でぺたん座りをし、テーブルに教材を広げる綾乃。京介はソファに腰かけて、見下ろすようにその様子を見守る。

「ねえ、藤村」

「どうした？」

「ちょっと休憩に――」

「そこ終わったらな」

放課後。

京介は勉強会のため、綾乃の家に足を踏み入れた。

勉強道具を取り出し、適当な映画を流し、ジャスミン茶に舌鼓《したつづみ》を打ち。案の定、意識が真っすぐ勉強に向くことはなく時間ばかりが過ぎてゆく。

そんな中、ふと綾乃の進捗状況を覗《のぞ》き見た。

数学の問題集は、酷《ひど》い有様《ありさま》だった。あまり進んでいないのは仕方のないことだが、パッと目を通しただけでも間違いだらけ。視線に気が付き、恥ずかしそうにサッと隠したことから、何もわかっていないことが読み取れる。

京介はすぐさまテレビを消し、綾乃のテスト対策に取り掛かった。

他人に褒められるほど優秀ではないが、このまま見過ごすほど薄情にはなれない。

「そこ、ちょっと違う」

「え、どこ？」

間違っているところを指すと、綾乃は誤魔化すように笑って消しゴムを動かした。

「別にバカなわけじゃないんだよ」

「ああ」

「最近、仕事が忙しくって」

「そうか」

「慣れないことも多くてさ」

「うん」

「それで、ちょっとわからないところが多いっていうか……」

シャーペンを動かす手が止まっていた。

唇を軽く噛《か》み、問題集の印字に対し何度もまばたきをする。

「……何か勘違いしてるみたいだけど、僕は呆《あき》れてるわけじゃないんだぞ」

綾乃が妙に挙動不審な理由はそこだろう。

同級生に勉強を教わると、お前は授業をまともに受けていないバカだと言われているような気分になる。京介にもそういう経験があった。

「本当……？」

機嫌をうかがうような上目遣い。水の膜が張ったような瞳は、不安げに輝き揺れ動く。

「仕事を頑張ってるのはすごいし、それはクラスの誰にも真似《まね》できないことだし」

「そ、そうかな」

「ああ、すごい。佐々川《さ さ がわ》さんは、僕が知ってる誰よりすごいよ」

「へ、へえ……」

「だから、勉強が疎《おろそ》かになるのは仕方ないだろ。何でもできる人なんかいないって」

というのは、理由の四割に過ぎない。

何かと目立つ彼女がテストで際立《きわだ》って悪い点を取れば、またそれをネタに陰口を叩《たた》く奴《やつ》が出る。

それはきっと、綾乃の耳に直接届くことではないし、京介《きょうすけ》が知ることでもないかもしれないが、頑張っている彼女が学校のテスト如《ごと》きで貶《けな》されるのは我慢ならない。

悪くない点を取っても叩かれるとは思うが、それは欠点の指摘ではなくただのやっかみだ。

どうせ陰口言われるくらいなら、前者より後者の方がマシだろう。……あくまでも、京介の自己満足でしかないが。

「たまには僕も、頼りがいのある奴になりたいんだ。満点取らせる自信はないけど、赤点は回避させられると思うからさ」

勉強ができないことを非難する意思はないのだと落ち着いた声音で話すと、綾乃は納得したのか、少し誇らしげな面持ちでコクリと頷いた。

本音を言うと、単純な奴だなと思ってしまった。しかし、そういうところが長所でもある。自分には決して真似できない。

「これ終わったら、誕生日プレゼントくれる？」

「……」

「すごいの、なんだよね」

期待満点の煌《きら》めく双眸《そうぼう》に、京介はうっと気圧《けお》された。

「……そ、そうだな」

京介は綾乃から目いっぱい視線を逸《そ》らしながら、苦々しい笑みを作った。

♥

京介には仕事が忙しいからだと言い訳を並べたが、元より勉強は得意ではない。

中学の頃はよく赤点ギリギリを低空飛行していたし、頑張って勉強してもクラスで真ん中になるのが精いっぱいだった。今の高校は家から近いからという理由で選んだが、一夜漬けをした上で何とか合格している。

今まで何度か同級生に勉強を教わる機会はあったが、その数だけこんなこともわからないのかという視線を向けられた。普段目立っている分、こういうところで露骨に見下されるのは仕方ないと理解はしているが、あまり愉快なものではない。わからないと口にすることが、怖くなってしまう。

だが、京介は違った。

わからない素振りをしたら察してくれるし、教えて貰《もら》った上でわからないと、「僕の言い方が悪かった」と自分を非難し始める始末だ。もっとこっちをバカにしてくれていいのに、と申し訳なくなるほどに、彼はわからないことに対し寛容だった。

「藤村、先生になったらいいのに」

「……僕に一番向いてない職だろ、それ」

「何で？　こんな丁寧に教えてくれるし向いてるよ」

「他人と話すの得意じゃないし……それに、絶対先生扱いされないし……」

悪いと思いながらも、クスッと黄色い吐息が漏れた。

スーツでビシッと決めて、背筋をピンと伸ばして、教壇に立つ京介を想像する。……うん、確かに先生扱いできないかもしれない。マスコット的な人気は出そうだが、舐《な》められることは必至だ。

「佐々川さんは、高校卒業してもモデル続けるのか？」

「どうだろ。この仕事、別に好きなわけじゃないし」

言葉選びがまずかったのだろう。

ふと京介に視線を流すと、彼は引きつった笑みを浮かべていた。何か地雷を踏み抜いた、とでも思っているのだろう。違う、そういうことではない。

「へ、変な意味じゃないよ。ただ、スカウトされて何となく始めたから、未《いま》だに何となくで続けてるだけっていうか。普通に楽しいし、お金が貰えるのも嬉《うれ》しいけど、ずっと続けるかって聞かれたらちょっと微妙でさ」

続けている理由はそれだけではないが、わざわざ京介に話すようなことでもない。

「それに、ほら、目立っちゃうでしょ。こんな仕事してたら。それで中学の頃、結構嫌な目にも遭ってるし、いつか辞めるんだろうなとは思ってるけど……」

問題なのは、辞めたあとが何一つ決まっていないことだ。

容姿がいいことは自覚しているが、それ以外にこれといった取り柄がないこともわかっている。ケーキ屋さんになりたいとか、お姫様になりたいとか、そういう夢を掲げるような年齢でもない。

「よくわからないけど、いいんじゃないかな。佐々川さんなら、どこでも上手《うま》くやれるだろうし」

「無理だよ。私、頭良くないから」

「頭の良し悪《よ》《あ》しじゃなくってさ。佐々川さんは、僕のこと何度も褒めてくれてるし。他人を躊躇《ちゅうちょ》なく褒められる人って、たぶん大丈夫だと思う」

当たり前のように言って、「あ、そこ違う」と会話の軸が勉強に戻った。

ずるい。ずるい奴だ。そういう言われ方をしたら、ありもしない自信が湧いてきてしまう。朱色が溜《た》まった頰を掻《か》いて、「ここは——」と問題集をさす彼の手を見つめる。

わずか数センチ。

身じろぎすれば容易《たやす》く触れられる、この隙間がもどかしい。

♠

時刻は午後六時に差し掛かり、窓の外が夕暮れの曖昧な光で満ち始めた。

そろそろ帰宅しなければいけないが、綾乃《あやの》は全教科に何かしら問題を抱えているため、とてもじゃないが一段落つく気配が見えない。理系科目に関しては、中学の範囲から見直す必要がある。続きは明日、と言いたいところだが、この調子でテスト当日に間に合うかどうか。

「そ、そんなに私ってやばい？」

「やばいってことを自覚できてない時点でかなりやばい」

「……そんなにかなぁ」

釈然としない面持ちの綾乃に、京介は小さく嘆息を漏らす。

「まずは基礎を固め直さないと。今回は乗り切れても、またすぐに期末テストがあるんだぞ」

「……悪い点取ったら、夏休みに補習とか呼ばれるのかな」

「たぶんあるんじゃないか」

「ええー、やだっ！　八月全部、藤村《ふじむら》を連れ回す予定なのに！」

「僕の夏を勝手に決めないでくれ……」

しかし、これ以上長居するのは難しい。まだ渡すべきものも渡していない。

どうしたものか、と綾乃を見た。視線の意図を汲《く》み取《と》ったのか、「それなら」と彼女は唇を開く。

と、その時。

テーブルに置いていた綾乃のスマホが震え、画面にパパと映し出された。父親から電話が来たようだ。

（ま、まずいっ）

年頃の娘が、自室で異性と二人っきり。親にバレたら、面倒な事態になってしまう。やましい気持ちがあるわけではないが、念のため動きを止め息を殺す。

ぶーっ、ぶーっ。

バイブ音が鳴り響く。

一向に電話に出ないことを不審に思い、すっと綾乃に視線を流した。彼女は画面を見つめて、これまでに見たことのない負の表情を浮かべている。

「……少し話してくる」

酷《ひど》く暗い声を残して、スマホを片手に廊下へと消えた。

『親とちょっとあってね。一人暮らしの方がいいんじゃないかって――』

突然の変貌ぶりに驚くが、いつかの台詞《せりふ》を思い出して一人納得する。

何があったのかは知らないが、中学生の身で一人暮らしに至るようなことだ。普通の親子喧嘩《げんか》ではないだろう。

（大丈夫かな……）

心配したところで仕方ないとわかっていながら、閉め切られた扉を凝視した。

すると、やや乱暴に扉を開けて綾乃が戻って来た。時間にしてものの十秒弱。あまりの早さに目を見張り、「何の話だったんだ？」と尋ねる。

「たいしたことじゃないよ。誕生日おめでとう、だってさ」

よほどこの話題を続けたくないのか早口で言い切り、スマホをテーブルに置く。

「それより、さっき言いかけたことだけど、今日うちでご飯食べてく？」

「えっ」

「もっと教えてくれたら、私も助かるし」

その提案は願ってもないものだが、女子の家で食事なんて人生初のイベントだ。

恥ずかしさはあるが、背に腹は代えられない。このままでは、綾乃のテストが大変なことになってしまう。

家に連絡すると、特に問題ないとのこと。

それを聞いた綾乃は、「やった」と小さくガッツポーズを決めた。どうやら勉強に目覚めたらしい。流石《さすが》に危機感を覚えたのだろう。

「じゃあ、パパッと作っちゃうね」

「何か手伝うことあるか？」

「大丈夫だよ。適当にくつろいでて」

急ぎ足でキッチンに向かった綾乃は、胸元に垂らした三つ編みを背中に回し、慣れた手つきでエプロンを着けた。そして手を洗い、早速調理に取り掛かる。

京介はテレビを点《つ》け、適当なニュース番組を見ていた。

……しかし、当然気になる。綾乃の様子が。

ガッツリと観察するのは気が引けるため、チラチラと十秒に一回程度のペースで視線を流す。

機嫌よく鼻歌混じりに食材を切る綾乃は、今までにない不思議な魅力を纏《まと》っていた。

少し楽しそうな、それでいて真面目な面持ち。すっと細めたネイビーの瞳、緩む春色の唇。不意に目が合うと、「見ないでよー」と気恥ずかしそうに笑う。

（……何か、いいなぁ）

所帯を持つ気分をわずかに体験し、京介《きょうすけ》の語彙力では表現し切れない感情に微笑《ほほえ》む。

やばい、と顔を両手で擦《こす》った。

今、もの凄《すご》く気持ち悪い顔をしていたような気がする。

「聞き忘れてたけど、食べられないものとかある？」

「特にアレルギーはないな」

「じゃあ、嫌いな食べ物は？」

「ない」

「おっ。偉いね藤村」

「バカにするな。子供じゃないんだぞ」

と言いつつ、本当はナスとオクラが苦手だった。

「変なこと言ってもいい？」

「何だその前置き」

「私、誰かを部屋に招いて料理作るなんて初めてなんだけどさ」

「うん」と相槌《あいづち》を打って、十数秒経過。

一向に続きを話さないことが気になり綾乃を見る。何事もなかったように調理を進めていた彼女は、京介からの視線を察知するなり、

「な、何でもないよ」

「何でもないことないだろ」

「本当に何でもないから！」

「そこまで言われると流石に気になる」

隠すことないだろ、とややキツい目つきで訴えると、綾乃は観念したのか調理に向いていた意識を完全に置いた。そっと京介に目を向けて逸《そ》らし、また向けては逸らし、口は難しそうにひしゃげ頬は紅潮する。

「特別な意味は、ないいん、だけど」

「あ、あぁ」

「旦那さんがいたら、こんな感じなのかなって……思っただけ、です」

タイミングよくチーンと電子レンジが鳴り、綾乃は逃げるように踵《きびす》を返して調理に戻った。

まずいことを聞いたな、と深くソファに体重を預けて、京介は興味もない芸能人の不倫ネタに集中力の全てを注ぐ。そうでもしないと、顔を巡る熱に焼かれそうな気がした。


主菜はサーモンの塩焼き。

副菜にはトマトとしめじのマリネ、カボチャの煮物、卵焼き。

玄米。味噌汁《みそしる》。

テレビが夕方のニュースからバラエティ番組に替わる頃、テーブルに料理が並び始めた。

色とりどりの夕食に、京介はただただ圧倒される。

「二人分の用意がなくって、作り置きのチンしたのばっかだけどごめんね。次があったら、ちゃんと買っておくから」

「ここまで出して貰《もら》っといて文句言ったらバチが当たるだろ」

むしろ、突然の来訪でここまで対応できる人間の方が稀《まれ》だ。

食器類は綾乃の趣味なのか可愛《かわい》らしく、盛り付けも丁寧で余念がない。お世辞でも何でもなく、店で出てきても違和感がないレベルだ。

「すごいなこれ……。もう見て美味《おい》しいってわかるし」

「な、何それ。食べてから言ってよ、もう」

羞恥心で頰を赤らめ、畳んだエプロンをソファに置きカーペットに腰を下ろす。「こっち」と綾乃は自分の隣を軽く叩《たた》くので、指示に従ってソファを滑るように降り胡坐《あぐら》を搔いた。

決して広くはないテーブルに二人分の料理を広げ、お互いの肩が擦れ合う距離感で箸を取る。お金のないカップルが同棲《どうせい》を始めたらこんな感じなのだろうか、と頭の悪い妄想が過《よ》ぎった。

「冷めないうちに食べちゃお。早く勉強したいし」

いただきますと手を合わせ、綾乃の箸は真っ先にカボチャへ伸びる。

それを横目に、京介は卵焼きを一切れ取った。

近くで見ると、刻みネギとシラスが入っていた。噛《か》めばじゅわりとダシが滲《し》み、二つのアクセントの香りが鼻から抜ける。

シラスが入っている分、しょっぱい系の卵焼きに仕上がっていた。

家では砂糖を使った甘い卵焼きが出てくるため、とても新鮮だ。塩は入れていないのか、ダシとシラスでいい塩梅《あんばい》。美味しいか美味しくないかで言えば、凄《すさ》まじく美味しい。

味噌汁も家で出るようなダシ入りの味噌ではなく、しっかりとカツオを煮だして作ったものに味噌を溶かしたもの……だと思う。確証を持てないのは、それほど肥えた舌ではないから。

しかし、とにかく美味しいことはわかった。それが女子の手料理というエッセンスのおかげではなく、彼女の正当な実力であることは確かだ。

「えっ。美味しくない？」

「何で？」

「ゆっくり食べてるから、不安になって……」

「美味し過ぎるからビックリして。ちょっとこれは、やばい」

京介は食に関心があるタイプではない。

家族で外食に行くのはお決まりのチェーン店だし、家でも華やかな食事は並ばない。それが普通で不満もなく、むしろわざわざ長蛇の列に並んだり遠出することが馬鹿らしいと思っていた。

しかし、それは単純に、列に並び遠くへ足を延ばす価値があるものを知らなかっただけなのだなと、京介は今理解した。この食事にありつけるなら、一時間でも二時間でも安いものだ。

「そ、そうかな……」

京介の真剣な声音にお世辞ではないと察したらしく、少しだけ身を縮めてこそばゆそうに微笑む。

心底嬉《うれ》しそうな、見た目とは正反対の無垢《むく》で幼い黄色の感情が横顔から漏れ出ており、京介は心臓が高鳴るのを感じた。

「早く、食べないとな。勉強あるし」

「あ、うん」

もう少し味わっておけば、と後悔することは目に見えていたが無心でご飯を掻《か》き込む。

後ろからついて来る羞恥を置き去りにするように。

♥

食後に緑茶を淹《い》れ一息つく。

基本的に満腹になるまで食べないが、今日は不思議とお腹《なか》がいっぱいだ。

横目に京介を一瞥《いちべつ》して、ずずっと湯飲みに口をつけた。いつもより熱い息を吐きながら、

「ふふっ」とバレないように笑う。充実感と安堵《あんど》感が、唇の隙間から溢《あふ》れ出《だ》す。

「あー。……さ、佐々川《ささがわ》さん、これ」

ガサゴソとカバンを漁《あさ》ったかと思うと、小さな紙袋を渡してきた。

それは、よく知るチョコレート専門店の紙袋だ。

「誕生日、だから。えーっと……」

普段から噛むことはよくあるが、今はより一層口が動いていない。こういうことに慣れていないのだろう。なのにこうして渡してくれたことに、どうしたって口元が綻ぶ。

「ありがと。沙夜《さよ》ちゃんに聞いたんだよね」

「あ。う、うん」

彼には申し訳ないが、これは最初からわかっていた。その分、驚くことができない。

ここからだ。ここからは知らない。

沙夜が口にした、すごい、という言葉。あれをそのまま鵜《う》呑《の》みにするならば、更に何か用意しているのだろう。

……。

…………いや、本当にそうなのか。

自分が勝手にそう思い込んでいるだけで、これが京介の用意した「すごい」である可能性は捨て切れない。チョコレートにしては高価だし、彼のお財布事情を考慮すれば容易《たやす》い買い物ではない。わざわざ休日を使って、同じクラスの人を頼ってまで用意したのだから、すごくないわけがない。

と、すれば……。

冷たい汗が額に滲《にじ》む。

自分は今、凄まじく失礼なリアクションを取っているのではないか。

ワー、とか。キャー、とか。お礼だけ述べて一つも喜びを表に出していない。

「……佐々川さん、大丈夫か？　何か顔色悪いけど」

「へっ？　あぁ。うん、ダイジョブ、ダイジョブ。は、ははっ……」

お腹が痛くなってきた。

絶対に嫌な女だと思われた。金銭感覚がバグった奴《やつ》だと呆《あき》れられた。

……いや、彼の性格を考えれば誰かを悪く言わないだろう。その代わり、自分を卑下する。酷《ひど》く落ち込んでいるに決まっている。

より一層、お腹が痛い。

穴があったら飛び込んでそのまま土に還《かえ》りたい気分だ。

「あと、もう一個、あるんだけどっ」

厚く覆った鈍色の雲から光が差す。

綾乃《あやの》は沈み切ったテンションを摑《つか》み上げ、精一杯の平静を装《よそお》って息を呑む。

「すごいプレゼントっていうの……結構悩んで、僕じゃお金かけたりとか無理だし、だから——」

白くきめ細やかな肌に紅色を放し飼いし、漆黒の双眼は一言発するたびぱちりと瞬《またた》く。

泣き出す一歩手前のような、ほんのわずかな衝撃ではち切れそうな顔で、懸命にこちらの瞳を捉える。

「僕を女装させる権利……っていうのは、どうかな」

思い焦がれた先輩に愛の告白でもするようないじらしい表情から出た情報に、綾乃の脳みそは一瞬機能を停止した。

確かに以前、京介《きょうすけ》に女の子の格好をさせたいと迫った。絶対に似合うと。

似合うと思ったのは本当のことだが、させたいというのは半分冗談だ。

そういう趣味がないのに女装をするのはハードルが高いし、京介には微塵《みじん》の利益もない。

ただ恥ずかしいだけ。彼に嫌なことを無理強いしたくない。

（……これ、喜べばいいの？）

間違いなくすごいプレゼントであり、おそらく生涯この贈り物を忘れることはないだろう。

しかし、どういう反応が正しいのかわからない。

大手を振ってワーイと叫ぶのは簡単だが、変態女だと思われないだろうか。

ダメだよ受け取れないと諭すこともできるが、それでは彼のプライドの頸動脈《けいどうみゃく》を切断することになってしまう。

前も地獄、後ろも地獄。このまま無反応で立ち尽くしていてもいずれ地獄。

時間にしてものの数秒。その間に脳内で苛烈な議論を戦わせ、ついに綾乃は覚悟を決めた。

「藤村《ふじむら》っ」

彼の両肩に手を置く。

「誰にも負けないくらい、可愛くするから。絶対に、可愛くするから！」

どこへも行けないのなら、とりあえず前に足を出す。

そして、心に誓った。中途半端《ちゅうとはんぱ》な可愛さで微妙な恥をかかせるのではなく、自分に自信を持つほど可愛くしようと。
綾乃の魂は、燃えていた。

第13話　嫌じゃないよ

♠

「なあ、佐々川さん」

「どうしたの？」

土曜日の午前十時過ぎ。

その日、京介はある目的のため綾乃の部屋を訪れていた。いつものようにリビングに入り、座り慣れたソファに座り、テーブルの見慣れない化粧品たちを苦い顔で見つめる。

「やっぱりやめたいって言ったら、怒る？」

「怒りはしないけど、それなりに準備してきたし、ちょっとへこむかな」

後ろから聞こえてきた悲し気な声に負け、京介は覚悟を決めた。

女装する、覚悟を。

「今日の予定は、お昼までにメイクを終わらせて、ご飯を食べて、映画を観《み》て、猫カフェに行こうと思うんだけど、他に行きたい場所ある？」

「……ちょ、ちょっと待て。家の中だけじゃないのか？」

「えっ。外出ないの？」

「は？」

京介としては、この部屋の中だけで完結するものだと思っていた。そういう意味で、女装させる権利をプレゼントした。外に出ることを許容した覚えはない。

しかし認識の相違があったらしく、振り返ると彼女は唇を噛《か》み締《し》め視線を伏せていた。

残念さを隠そうともしない面持ちに、京介は苦虫を噛み潰したように笑って前へ向き直る。

「……わかった。どこでもついて行くよ」

甘いなぁ、と思いつつも。

これは綾乃への誕生日プレゼントだ。ある程度好きにさせて然《しか》るべきだろう。……と、自分を納得させる。今すぐ逃げ出したい、この気持ちを抑えて。


二時間後。

化粧、着替えと全ての作業が終了した。綾乃は「完璧だよ！」と親指を立てているが、京介は未《いま》だ自分の姿を見ていなかった。

ガラガラと音を立て、寝室から移動式の姿見鏡が運ばれてきた。埃除《ほこりよ》けかサプライズのつもりか薄手の布がかけられており、こうして対面した今も見ることができない。

「心の準備はいい？　取っちゃうよ？」

興奮気味に鼻息を荒らげながら布を握り締める綾乃に、京介は早くしてくれと息をつく。

ドコドコドコドコ、とセルフ効果音。太鼓のつもりだろうか。そして、ジャンという声が響き、麻色の布が宙を舞った。

一瞬、それが鏡面だと理解できなかった。

白磁に塗られた肌、真っ赤なルージュにきつい目元。地毛は黒髪のウィッグで隠され、二つ結びをゆるふわにアレンジされている。

目線を少し落とせば、黒を基調としながら所々に小さな金色の星がちりばめられたショート丈のパーカーが自己主張した。袖はふんわりと風船のように広がっており、手の先まで隠れるほど長い。真っ黒のミニスカートに猫をモチーフとしたニーソで、華奢《きゃしゃ》な脚を強調する。

その他にも、細々とした爪の先ほどのサイズしかない情報が濁流のように押し寄せるが。

しかし、それら全てがどうでもよくなるほどに、京介は一つの真実に意識が向いていた。

（……案外、可愛《かわい》くないか？）

脳内に座り込んだその思いを、ぶんぶんと頭を振って追い出す。……が、見れば見るほどに違和感はなく、心の中の陰茎が抜け落ちてゆくのを感じる。

(な、何考えてるんだ僕は‼)

取れかかったそれを何とか付け直し、二度三度と深呼吸した。

今一度鏡を凝視する。頭の先から、つま先まで。ちょっとだけポーズをとってみたり。学年に一人はいそうな少し性格のきついサブカル女子、そんなイメージを抱く。

「どう⁉ すごくない⁉」

母親の似顔絵を描いた子供がその出来を確かめるように、綾乃は無邪気に身体《からだ》を揺らしていた。京介は出かかった言葉を一度呑《の》み込み、だが正直に話さないのも悪いなとため息を零《こぼ》す。

「……か、可愛いと思う」

「でしょー! いや本当さ、普通に女の子として通用するって!」

「そんなわけないだろ」

「京子《きょうこ》ちゃんって呼んでいい?」

「勘弁してくれ」

あまりにも女の子扱いされると、心まで浸食されそうな気がした。

しかし、嫌な気分はしない。

メイクの最中も、こうして出来上がったあとも、彼女が楽しそうにしている。元よりこれは誕生日プレゼント、幸せでないのなら意味がない。自分の羞恥心を犠牲に一つ幸福を生み出せたなら安い買い物だろう。

「ちょっと待ってて。私も着替えてくるから！」

くるっと身を翻《ひるがえ》して寝室にこもった綾乃を見届け、京介は再び鏡と対峙《たいじ》した。

この姿で外に出るのか、と少し先の未来に苦笑した。見た目は誤魔化せても声はどうにもならない。裏声で「あー」「うー」と喋《しゃべ》ってみるが、どれだけ聞いても男である。

（佐々川《ささがわ》さん以外には喋らない方がいいな、これは）

外で会う見ず知らずの誰かにバレたところで京介自身には何の害もないが、綾乃が粉骨砕身で作り上げたこの造形を声一つで壊してしまうのは心苦しい。せっかく可愛いのだから、今日一日最後まで誰にとっても可愛くあることがプレゼントになるはず。

「……」

ふと、寝室の扉に目を向けた。

開いた際にチラリと中を見たことはあるが、一度も足を踏み入れたことがない綾乃の聖域。木の扉の向こう側で、今こうしている間に服を着脱しているかと思うと、よからぬ妄想が脳内を汚染する。

邪念に支配されないよう悶々《もんもん》と闘っていると、ようやく綾乃《あやの》が戻ってきた。

「お待たせっ」

真紅の革ジャンにグレーのインナー、黒のスキニーパンツと全体的にとても格好いい。髪を一纏《ひとまと》めにしてキャップを被《かぶ》っているのもあり、少女漫画に出てきてもおかしくない美男子に見える。

「男装……ってわけじゃないけど、今日は藤村をエスコートする王子様のつもりだから」

えへへ、と照れ臭そうに笑いながら、ダンスにでも誘うように手を差し出した。

その大袈裟《おおげさ》な動作に苦笑しつつ、京介《きょうすけ》は彼女の手を取った。

マンションの外に出ると、覚悟はしていたが室内にいる時とは比べ物にならない恥ずかしさに襲われた。

道行く人の視線が漏れなくこちらに向いているように錯覚するも、それでも正気を保てているのは靴のおかげだろう。初めて履く厚底の靴はあまりにも歩きづらく、恥ずかしいからと注意を散らしていては転びそうになる。

また、綾乃が手を引いてくれることも助かっていた。

自分は視線を伏せ、何も考えず、ただ引かれるまま歩けばいい。外界からの情報は限りなく遮断され、自分と彼女の足音だけを鼓膜は拾う。

駅に着き電車に乗り込む頃には、わずかだがこの姿にも慣れていた。

周囲に気を配る余裕も生まれ、誰も自分に奇異な目を向けていないことに気づく。それが単純に何の違和感もないからなのか、違和感があるから目を合わせないようにしているのかはわからないが、できれば前者だと信じたい。

綾乃はというと、終始楽しそうにしていた。

たまに目が合うとはにかみ、手汗が気になるのか事あるごとに服で拭い、そのたびに熱くなったからとよくわからない言い訳をする。「藤村《ふじむら》、体温高いね」と笑っているが、熱いのはそっちの方だろと指摘するほど不作法ではない。

そしてまた、手が触れ合い、指を絡《から》め、繋《つな》ぐ。

家を出てから幾度となく繰り返した動作。

女装への慣れに心が緩み、別の羞恥がその隙間を埋めた。

手を繋ぐ。親や妹と数え切れないほどやったことが、こと他人となるとなぜここまで恥ずかしいのだろうか。二人で罰ゲームありで映画を観た時とは少し違う。心臓の音が、相手にまで伝わっていないか不安になる。そんなことは、あり得ないはずなのに。

電車を降りて、駅を出て、映画館へと向かう。その道中も、当然二人の影は繋がったまま。

少しだけ、指に力を込める。

するとと、綾乃も負けじと力んできた。それが何だか面白くて、今度は逆に弱めてみると、彼女の手は離すまいとしてくる。

「どうしたの？」

「あ。んっ、ううん」

怪訝《けげん》そうな面持ちで振り返った綾乃に、京介は小さく首を横に振った。

「そう」と左手で右の横髪を耳にかけた。小指を飾るリングが、きらりと日光を反射する。

京介にはその動きが妙に色っぽく映り、頰に朱色が溜《た》まってゆく。

「も、もしかして嫌、だった？」

「嫌って、何が？」

「手、繋ぐの。すごい気にしてるみたいだったし」

「い、嫌じゃないよ！」

自分でも驚くほど大きな声が出てしまった。

まずい、と腹の内が冷えた。幸いにも周りの通行人からは何とも思われていないようだが、綾乃から変な奴《やつ》だと思われてしまう。

弁明の言葉を探して視線は宙を切り、触れ合う手に汗がじわりと滲《にじ》む。

一度離してゴシゴシと汗を拭い、今度は自分から彼女の手を取る。

「触れ合うとオキシトシンっていう幸福ホルモンが出て、ストレスとか不安が軽減されるらしいから、これはすごく意味のあることだと……お、思うっ」

早口で何を言っているのだろうと自嘲しながらも、現状を維持する理由がこれ以外に考えつかなかった。しかし、より気持ち悪さが増したような気がして、じんわりと背筋を冷たいものが伝う。

「じゃあ藤村、今しあわせなんだ」

ぐいっと引っ張られ身体が傾いた。足は再び、目的地へと歩き始める。

「一緒だね」

無邪気に微笑《ほほえ》むその横顔に、京介は再び瞳を伏せた。

あまり見続けるのは、心臓に悪いから。

♥

昼食は手近なファストフード店で済ませ映画館に入った。

観《み》る映画をその場で決めるといういつものスタイルで来てしまったことに後悔はあった

ものの、京介の気になっていた映画の席がかなり空《す》いていて助かった。次からはしっかりと計画した上で来よう。

「飲み物とポップコーンは？」

「私はいいかな。さっき食べたばっかだし」

というのは半分嘘《うそ》。

ここのところ、京介にご飯を振る舞うたび自分もちゃんと食べているため若干太ってきた。自分が食べないと向こうも食べづらいだろうと気を遣ってのことだが、流石《さすが》に自重する必要がある。彼に太った姿を見せたくない。

「まだ時間あるし、ちょっと座ろっか」

開場まで十分ちょっと。どこかをぶらつくには心許《こころもと》ない待ち時間。

隅のソファに腰を下ろし息をつく。自分と彼の手は、繋がったまま。

こうしてカップルのように異性と歩くのは初めてだ。京介がどこからどう見ても女の子で、自分も王子様というテイのせいか、身体的接触にまったく抵抗がない。

細く、しなやかで。だが、どことなくゴツゴツしていて男性的。

見た目が変わっても、これは間違いなく彼の手だ。

「……っ」

きゅっと口元を結び、手を離して汗を拭いた。

ダメだ。深く考えると胸の内がむず痒《がゆ》くなる。チリチリと焼け焦げ、彼を直視できなくなる。

帽子を深くかぶって目元を隠し、一つ小さく深呼吸。

休ませていた手の上に、彼の手のひらが重なった。視線を落とすと、漆黒の瞳は遠慮がちに伏せられて、しかしその指はこちらに触れようとやや強引に動く。

落ち着け、落ち着け、と。

体内を駆け巡る血とはまた違う赤い何かに語り掛け、肺の空気をゆっくりと抜いた。

彼に特別な意図はない。

女装をして外に出て不安なだけ。自分に助けを求めているだけ。それだけのこと。

下手な勘違いをしないよう用心しながら、その手を握り返す。

彼の気恥ずかしそうな微笑みに、心臓は痛いほど脈打った。

第14話　もにょもにょ

♠

エンドロールが終了し、劇場内の照明が点灯した。

正直イマイチだったたし、グロテスクな描写も多く綾乃の気分を害さないか心配だったが、彼女は「面白かったね」と特に気にしていない様子。良《い》い所を発見できる能力に長《た》けていて助かった。

「ねえ、藤村」

劇場を出て少し歩いたところで、綾乃はピタリと立ち止まった。壁に飾られた映画のポスターを指差し、ふふんと得意げに鼻を鳴らす。

「この映画、私出てるんだよ」

「えっ」

「ちょい役だけどね。犯人に殺される被害者の一人」

「ま、マジで……？」

それは、誰も知らないような監督が作った低予算のインディーズ映画や深夜ドラマではなく、地上波でＣＭが流れ有名な役者も数多く出演する映画だ。

素直に驚いていると、彼女はポスターを背にして上機嫌に鼻歌をうたっていた。

何かを期待するような眼差《まなざ》し。流石の京介も、そこまで鈍感ではない。

「わかった。観に行くよ」

「ええー？　別にいいよぉ、恥ずかしいし」

「だったら観ない」

「……そっか」

「じょ、冗談だから。絶対に行くから」

照れたり悲しんだりと山の天気のように移り変わる表情に振り回されながらも、最終的にはニッコリと爛漫《らんまん》な笑顔に落ち着いた。

よくよく考えてみると、自分は未《いま》だ、彼女がどういう仕事をしているのか知らない。

モデルだとは聞いているが、実際にどの雑誌で活躍していて、その他にどういうことをやっているのか見当もつかない。

興味はある。無いわけがない。

だが、向こうからこの手の話を振ってこないため、勝手に触れない方がいいものだと思っていた。そうしているうちに意識しないことが板につき、今に至る。

「どうしたの？」

難しい顔をしていたせいだろう。綾乃《あやの》は少し不安そうに小首を傾《かし》げる。

「いや……僕って佐々川《ささがわ》さんのこと、全然知らないんだなって」

まだ長い付き合いとは言えないが、友達であることは間違いない。

プライベートなことに踏み込むのは気が引けるが、仕事についてくらいは知識をつけておくべきだろう。いつでも応援できるように。

「じゃあ、私の秘密、教えてあげよっか」

そう言って京介《きょうすけ》の手を握り、力強く歩き出した。

こちらの発言の意図が正しく汲《く》み取《と》られていないような気はしたが、あまりにも自信満々に前進する背中に口出しすることを躊躇《ためら》っていると、なぜかカラオケ店に連れて来られた。

個室でしかできないような誰にも聞かれてはいけない話なのだろうか、と身構えるが。

綾乃は当然のように曲を入れ、軽く発声練習をしながらマイクを取った。

（え？　秘密は？）

前奏が流れ、リズムに合わせて横揺れする綾乃。

別に秘密を聞き出したかったわけではないのだが、こうなっては逆に気になってきた。こんな心境で歌を聞かされても困る。

が、京介はすぐさま理解した。彼女が言う秘密、ここに連れて来られた理由を。

ノリノリで歌う綾乃。

その姿は売れっ子の歌手を思わせるが、しかし絶妙に下手くそだった。なまじ声がいい分、悪いところが三割増しで目立つ。採点機能を使っていたら、八十点に届かないことは間違いない。

Aメロ、Bメロ、サビと一番を歌い切って、綾乃は息をつきながら演奏中止ボタンを押した。

やり切った顔をしながら振り返る彼女に、何と声を掛けていいか決めあぐねていると、

「私、歌下手なんだよね」と眉尻を下げて笑った。

「だから、あんまり歌わなくてもいい大勢の時しか行かないんだ。こんなことで幻滅させたくないし」

別にそんなことが知りたいわけではないのだが、わざわざ自分を曝《さら》け出《だ》してくれた綾乃に対し、今更本当のことは言えなかった。仕事については、また後日、本人か沙夜《さよ》に聞くとしよう。

「それじゃ、次は藤村《ふじむら》ね」

「僕？」

「私は教えたんだから、藤村も何か一つ秘密言ってよ。何でもいいから」

「秘密って言われてもな……」

「何かあるでしょ。私が知らない、藤村のこと」

無いわけではない。誰にだって隠したいことの一つや二つはある。

だが、いきなりそんなことを言われても困ってしまう。秘密というのは、懐《ふところ》にしまって見えないようにしておくから秘密なのだ。ほいほいと出すようなものではない。

どれを選ぶかも重要だ。

性的なこと、あまりに恥ずかしいことを話せば尾を引きかねない。例えば、中学時代に自分を闇の能力者だと思っていたという話は爆笑必至だが、今後ことあるごとにネタにされるのは目に見えている。

「……秘密、ってほどのことじゃなくて、今だから言えることって感じなんだけど」

長い前置きに、綾乃はうんうんと興味津々《きょうみしんしん》に頷《うなず》いた。

「四月に佐々川さんをナンパから助けたけど、あれ偶然なんだ。本当は素通りしようとして、転びそうになって、それで……」

「そ、そうなの？」

頷くのと同時に目を伏せた。

綾乃の声が、落胆しているように聞こえる。

(これじゃない方が、よかったかな……)

闇の能力者だったことを告白すれば、少なくとも失望されることはなかっただろう。

自分の迂闊《うかつ》さに頭が痛くなる。

「……ありがとね、藤村」

すぐ隣まで距離を詰め、手を握ってきた。

「偶然でも、嬉《うれ》しかったよ。私が助けられたって思ったのは本当だもん」

少し湿り気を帯びた熱い肌が、京介に触れてより熱を増す。

唇に浮かべたやわらかな笑みに、胸中で沸き立った申し訳なさが鎮火する。

「だったら、私も今だから言えること、言うけど……」

「う、うん」

「私、中学の頃、周りよりお金持ってたからたかられること多くて。断れたらよかったんだけど、孤立するのが怖くてさ。仲良くなったらなったで嫌われたくないし、また一人になりたくないし、友達には何か買ってあげたりしないといけないって思ってたんだよね」

体温とは異なり、その声に秋風のような冷たく乾燥した寂寞《せきばく》を垣間見《かいまみ》た。

「だから、ほら、藤村に食堂でご飯奢《おご》ってあげるって言ったでしょ。助けてくれたお礼にって」

「……そんなこともあったな」

「口だけじゃなくて、何かあげないとって決めつけててさ。でも断られて……それがね、嬉しかったの」

秋風は冬を素通りして、春へと足を踏み入れた。こちらに肩を寄せ、「今考えたら、いきなり奢られても困っちゃうよね」とやわらかく微笑《ほほえ》む。

いつかの言葉を思い出した。

普通のことでも、誰にでもできることでも、それを初めてしてくれた人のことを、特別に想《おも》っちゃダメなの？——と、彼女に問われた日のことを。

あの時は必要とされていることが嬉しくて、彼女の発言の裏にまで意識は及ばなかった。

なるほど、と納得する。仕事が忙しくまともな学校生活を送れなかった彼女にとって、お金は孤独を回避するのに最適だったのだろう。

（……あぁ、くそっ）

当時の周りの人間たちに対し腹が立ち、空いた左手の爪が膝に食い込む。

払ってしまう綾乃にも非はあるのだろうが、受け取ってしまう方もタチが悪い。たかっていることに、何の疑問も持たなかったのだろうか。そういう関係を友達と呼ぶ綾乃を、不憫《ふびん》に思わなかったのだろうか。

きっとこれは、綾乃の中では終わった話だ。

今ここで自分が怒りを覚えたところでどうしようもない。

そんなことはわかっている。わかっているのに。

「――っ!」

突然綾乃が身を乗り出し、京介の左手を奪い取った。

見上げると、顔を赤くして双眼に涙の薄い膜を張った、必死そうな面持ちの彼女がいた。

「藤村、変なこと考えてたでしょ」

大きな瞳がぱちくりと何度も瞬《またた》き、間抜けに口を開けて固まる京介を凝視する。

「私、今……すっごく楽しいよ」

「あ、あぁ」

「だから、そんな顔しないで」

二度、三度と首肯する。

睫毛《まつげ》の長さが、瞳の繊細さが、唇の艶《つや》やかさが、否応《いやおう》なく視覚情報として入ってくる。

息遣いまで、手に取るように。

怒りは羞恥心に上書きされ、今はただ離れて欲しかった。

だが、綾乃は「本当に？」と少しムッとした顔で確認する。体勢を維持したまま。

「もう一個、教えてくれたら信じる」

これでお互いに二個ずつ教えたことになるからと、綾乃は眼光を鋭く尖《とが》らせた。

更に一個と言われても困ってしまう。このような状況ではまともに頭が回らない。かといって振り払う力もなく、お互いの距離が少しずつ狭まってゆく。

「ほ、ほくろっ」

考えがまとまるよりも先に、そんな言葉を口走っていた。

「初めて佐々川さんに話しかけられた時、目尻の下の方にほくろがあるのがわかって……それが、何かすごく好きで。たまに、見て……ます、はい」

秘密でも何でもなくただの暴露だが、これで勘弁してもらえないだろうか。

不安に思っていると、綾乃はバッと身を翻《ひるがえ》し、京介からわずかに距離を取った。

頰から耳へと朱色が広がり、唇をかみしめながらじーっと見つめてくる。恨めしそうに、恥ずかしそうに。

「……勝手に見るの、これから禁止」

「き、禁止って……」

「見る時は見るって言って！」

「そんな無茶苦茶な」

「だって、変な顔してたら嫌じゃん！　気が抜けてる時もあるし！」

「いや、佐々川さんはいつ見ても綺麗《きれい》だけど」

そう口にしてから、言葉選びを間違えたことに気づいた。心にもないことを言ったわけではないのだが、あまりにも直接的過ぎる。

綾乃は大きく目を剝《む》き、薄《う》っすらと口を開いて硬直していた。「ご、ごめん」と何が悪いのかはわからないが、とりあえず謝罪する。何でもいいから、この空気を変えたい。

「……んーっ」

「え、な、なに？」

拗《す》ねた子供のように唸《うな》りながら、ぺちぺちと京介を叩《たた》く。

「んーっ、んーんーっ！」

「なにっ、何だよ！」

「わっかんないけど、もにょもにょするの！」

「もにょもにょ？」

「むにゅむにゅっていうかさー！」

「余計にわからん」

ぺちぺち。ぺちぺちぺちぺち。

動物を愛《め》でるような力加減で繰り返される猛攻に、京介《きょうすけ》は頭上に疑問符を量産しながら耐えた。特に痛いというわけではないが、ただただ謎である。

「あぁーもう！　歌うからね‼」

「お、おう……」

マイクを手に絶叫する綾乃《あやの》。キーンとハウリングを起こすが、まったく意に介さず曲を入れる。

結局よくわからないが、こうして歌い始めたところを見る限り、気分を害したわけではないようだ。ホッと胸を撫《な》で下《お》ろすと、緊張が解けたせいか催してきた。

「ちょっとトイレ行ってくる」

熱唱する綾乃に一声かけ部屋を出た。

トイレの前まで来て、ふと男子トイレのドアノブに伸ばしかけた手を止める。

（……これ、このまま入って大丈夫か？）

股の下を流れてゆく空気の感覚に、京介は冷や汗をかいた。

ある日の2人『漫画』
あやの
貸してくれた漫画おもしろかった
23:42
あやの
続きある？
23:43
きょー
既読 23:45
明日持ってく
あやの
今読みたい
23:46
きょー
既読 23:48
十分でそっち着く
あやの
夜食作っとくね
23:48
あやの
待ってるよ！
23:48

第15話　離れたい理由

♠

平日で人が少なければさっと入ってさっと済ませるが、今日は土曜日、あちこちから歌声が漏れ出しており、男子トイレにも誰かがいるかもしれない。

今この見た目で入って見つかれば、ちょっとした騒ぎになってしまう。変態だと指を差されるのは百歩譲って呑《の》み込むとして、綾乃にまで危害が及ぶのは避けたい。

とはいえ、女子トイレに入るわけにもいかない。

バレない自信はあるが、京介の中の倫理観がそれを許さない。そこまでするのなら漏らした方がマシである。

多目的トイレはなく、店を出て探すほど膀胱《ぼうこう》に余裕もない。

いっそペットボトルで、とバカな考えが浮上しかけて、それこそ絶対にないと顔を振った。そこまでするなら、男子トイレに入る方がまだハードルが低い。

「あれ？　何してんの？」

大学生くらいの茶髪の男に声をかけられた。

その隣には、黒髪の男が立っている。

「友達と一緒？　暇ならオレらと遊ぼーぜ」

口ぶりから察するに、どうやら自分は彼らと知り合いらしい。単純に人違いの可能性はあるが、どちら様でしたっけといきなり聞くのは失礼に当たる。

（うちの妹と勘違いしてるのか？）

ふと、そんな考えが頭を過《よ》ぎった。

メイクした京介の顔は妹と似ている。体格もそっくりなため、見間違えてもおかしくない。

（あいつ、こんなのと付き合うなよ……）

琥太郎《こたろう》よりも軽薄そうな見た目に、兄として心配してしまう。誰と交流を持とうと自由だが、明らかに年上というのが不安を高める。

「ひ、人違い、です」

声をボリュームを小さく絞り、裏声でそう訴えた。

妹の友達なら声で判別がつくだろう。

「は？　何言ってんの。これから知り合うんじゃん」

ぼふっと、黒髪の男に肩を抱かれた。
柑橘《かんきつ》系の香水の香りが鼻腔《びこう》を突く。
（…………………え？）
頭の中が、モヤでもかかったように白く塗り潰されてゆく。
理解できない事態を前に、思考が完全に足を止める。
数秒ほど置いてようやく稼働《かどう》再開した脳みそで、へらへらと笑う二人を見やった。
面識のない者に対して、声をかけ、一緒に遊ぼうと誘う行為。
それを指す言葉を、京介は知っていた。
（ナンパ、されてる……？）
男の大きな手は、京介の肩を力強く摑《つか》んでいた。

♥

一曲全力で歌い切り、ふぅーっと息をつく。
先ほどよりいくらかマシな気分だ。もにょもにょも、むにゅむにゅも、絶叫と共にどこかへ行った。心地よい疲労感に浸りながら、落ち着きを取り戻した頭で京介の発言を反芻《はんすう》する。

『いや、佐々川《ささがわ》さんはいつ見ても綺麗だけど』

自分の容姿については、深く理解している。この顔で、この身長で、この手足で、お金を貰《もら》っているのだから、ブサイクだと謙遜するほど厚顔無恥ではない。

可愛《かわい》い、綺麗、素敵と。

どれも耳にタコができるほど聞いたし、何度聞いても嬉《うれ》しい言葉だ。褒められて素直に喜べないほど、この頭は難解な造りをしていない。

しかし、いちいち照れていては仕事にならないし、日常生活にも支障をきたす。

喜びながらも受け流すすべを心得ている。肯定されることへの対処法を知っている。

……つもりだった。

（も、もうやめとこ。これ考えるの）

思い出すと、またもにょもにょし始めた。

症状が軽いうちに思考を放棄する。

彼とは友達で、勉強を教わったり料理を振る舞ったりする仲で、たぶん卒業までこの日々は変わらない。そこから先はわからないけれど、きっとお互いに別々の大学に行って、たまに連絡を取り合うような関係に落ち着く。

それでいいし、それがいい。それ以上は望まない。

「……」

本当にそうなのか、と天井を仰ぐ。

わからない。わからないが、違うような気がした。何が違うのかもわからないが、漠然とした違和感がある。

「……あ、あれ」

ぼんやりとした脳みそで、別の違和感に気づいた。

京介が座っていた場所に視線を配り、部屋を出て行く際に吐いた台詞《せりふ》を思い返す。

彼は何と言っていた。

トイレに行く、と言っていなかったか。

今の彼は、誰がどう見ても女の子だ。男子トイレに入って誰かに見つかれば、大変なことになりかねない。かといって、彼に女子トイレに入るような豪胆さはないだろう。

（もしかして……）

さーっと顔から血の気が引く。

大きい方でもない限り、そろそろ戻って来てもいい頃合いだ。どちらのトイレにも入れず、誰にも助けを求められず、漏らして泣いているのではと嫌な想像が広がる。

居ても立ってもいられなくなり部屋を飛び出した。

廊下の先、トイレの前。そこには、男に絡《から》まれている彼の姿があった。

♠

「聞こえてる？　おーい、もしもーし」

耳元で騒ぐ茶髪の男。肩に置かれた黒髪の男の手。

左右どちらを見ても逃げ場がない。

どうしよう、と思案した。

実は男だと告白しようにも、人生初めての異常事態を前に声が出ない。振り払って部屋に戻ろうにも肩を掴まれて動けないし、ついて来られでもしたら綾乃に迷惑をかけてしまう。

（しっかりしろよ、僕。男だろっ）

せめて悲鳴の一つでもあげろと心に鞭《むち》を打つが、どうにも思うようにならない。

同性とはいえ、人間二人にこうも距離を詰められるのは初めてだ。胸中に渦巻くこの感情は、恐怖以外に言い表しようがない。

「ぼ、僕、はっ――」

気合いを入れる。精一杯、腹の底から。

それでも口から零《こぼ》れたのは吹けば消えるほどの声量で、両脇の二人にさえ届かなかった。

「……あ」

と、その時だった。

見上げて、声を漏らす。

男子トイレの扉を開き、中から出てきた金髪の男。それは他の誰と見間違うはずもなく、いつもは少し恐ろしく映るその容貌が、今この時ばかりはキラキラとした王子様に見えた。

（東條《とうじょう》……‼）

なぜここに、と疑問に思うよりも先に、京介は彼に助けて欲しいと視線を送った。

その意思を察してか、または状況から判断してか、琥太郎は「あー……」とドスの利《き》いた声を漏らして後頭部を掻《か》く。高校一年生でありながら完成された体格をしているため、たったそれだけの動作に迫力を感じる。

「俺の連れに何してんすか？」

不機嫌たっぷりに放たれた声に、京介は心の中の陰茎が抜け落ちる感覚に襲われた。

茶髪と黒髪の視線が琥太郎に向く。

「……あ、あぁ、彼氏いたんだ」

震えた声で呟《つぶや》く茶髪と、無言で後退《あとずさ》る黒髪。

　明らかに年上な二人に一切臆さず、琥太郎はギロリと睨《にら》みをきかせている。

「さっさと行けよ」

　眉間にシワを寄せながら放った声は獣の唸《うな》りのように低く、二人は無言でこちらに背を向け去って行った。

　男性的な魅力とはこういうものなのだろうか、と京介《きょうすけ》は羨望《せんぼう》を込めて見上げた。その視線に気づいた琥太郎は、「ども」とぶっきらぼうに呟く。どうやらこちらの正体に気づいていないらしい。

　もしかすると今彼は、どこかの誰かに似ていると思っているかもしれないが、まさか藤《ふじ》村《むら》京介の女装姿だとは想像もしないだろう。

　心情としては、身分を明かした上で助けてくれたことに頭を下げ、ついでにトイレに付き合って欲しいのだが、目の前の女の子が突然実は男だと言い出せば混乱することは必至だ。信じて貰えるかどうかもわからない。

　ここはこのまま乗り切ろう。

「藤村っ！」

　バンッと勢いよく開いた扉。

　しなやかな身体《からだ》を揺らしながら飛び出した綾乃《あやの》は、脇目も振らずこちらに駆けて来た。

その足で京介と琥太郎の間に割って入り、長い腕を広げて京介の盾となる。

「へっ？」

琥太郎は素っ頓狂な声を漏らし目を見開いた。

当然だろう。ナンパから助けたと思ったら、かつて自身がナンパした女性が現れたのだから。

「……あっ」

顔はわからないが、声から察するに綾乃も気づいたらしい。今自分が、誰と対面しているのか。

ひたすらに重く気まずい空気が立ち込めた。

校内で顔を合わすことがあっても、蒸し返しては面白くない記憶があるため無意識に避けていたのだろう。京介が知る限り、二人が会話したのは四月のあの件を境に一度もない。

「そ、その節は、本当に、申し訳ないことを……」

最初に沈黙を破ったのは琥太郎だった。

突然頭を深々と下げたことに綾乃は驚き、「えっ」と一歩後退る。

「佐々川さん、実は――」

琥太郎には届かないよう、声のボリュームを最小まで落として事態の詳細を軽く説明した。

彼と沙夜《さよ》が幼馴染《おさななじ》みなこと。沙夜のため、連絡先が欲しかったこと。諸々《もろもろ》を伝えると、

「あ、そうなんだ」と納得してくれた。

「い、いいよ。気にしてないし、私」

「でも、本当に……」

「いいって、いいから。それより、なに、どうしたの？」

「いや、この子が男に絡まれてたから。てか、さっき藤村って——」

言いながら、ぬっと京介を覗《のぞ》き込む。

綾乃はビクッとわかりやすく動揺し、わずかに横へズレて琥太郎《こたろう》の視線を遮る。

「こ、この子ね、藤村の妹さんなんだよ！」

吹き出しそうになった。

何だその設定は。琥太郎にバレないようにとの配慮だと思うが、もう少し誤魔化しようがあるだろう。琥太郎の疑念に満ちた双眼が、嘘《うそ》の稚拙さを物語っている。

「いやぁ、迷惑かけちゃったね。さ、行くよ京子《きょうこ》ちゃん！」

「あっ。沙夜も一緒に来てるんだが、ちょっと顔出して——」

「ごめん！　よろしくって言っといて！」

綾乃に半ば抱えられるようにして、京介は部屋に戻った。

「あんなわかりやすい嘘つくなよ。何だよ京子ちゃんって」

「仕方ないじゃん！　バレたら大変なことになるよ！」

懸命な面持ちの綾乃を前に、京介は小さく嘆息を漏らして怒りを鞘《さや》に納めた。

琥太郎はあの見た目だが、そこまで軽い男ではない。自分がこうして女装しているとわかっても言いふらすようなことはしないと思うが、綾乃が疑ってかかるのも無理はないだろう。自分が彼女の立場なら、同じことをしている。

「とりあえず、お店出ちゃおっか。ドリンクバーに行ってばったり会う、みたいなことになったら気まずいだろうし」

「じゃあ、もう猫カフェに向かうってことでいいのか？」

「うん。藤村の歌聞きたかったけど、また今度ね」

荷物を手早くまとめ、受付で精算し店を出た。

引っ込んでいた尿意は外の空気に触れたことで再燃し、手近なコンビニの男女共用トイレで済ませた。その後は綾乃に手を引かれ、目的の猫カフェへと向かう。

スマホで地図アプリを開き、「あれ？」「んー？」と首を捻《ひね》る綾乃。歩き始めて二十分、未《いま》だ猫カフェには着いていない。

「迷ったのか？」

「そ、そんなことないよ。寄り道してるだけっ」

よくわからない言い訳を吐いているが、迷子になっていることは明白だった。

ちょっと貸して、とスマホを受け取り画面を見た。地図の見方がわからないのか、スマホが故障しているのか、目的地から随分と離れている。

綾乃を見やると、さっと視線を逸《そ》らされた。

仕方がない。京介は息をついて、彼女に代わり歩き出す。ＧＰＳが正常に機能しているところを見るに、単純に彼女のポンコツさが原因らしい。

「そういえば、何で猫カフェなんだ？」

「私、猫好きなんだ。藤村も好きでしょ」

「僕が？」

「え、違うの？　猫のスタンプ使ってるし、好きなのかなって」

「あれは、当《あ》たり障《さわ》りがないから……」

犬でも猫でも、謎のゆるキャラでもいい。相手に不快感を与えなければ、それで。

数ある選択肢の中から猫にしたのは、昔友達から、お前は猫みたいな奴《やつ》だと言われたからだ。

「え。じゃ、じゃあ、やめとく……？」

しゅん、と明らかに声の張りが落ちた。さぞかし楽しみにしていたのだろう。

京介は握った手に力を込めて、「いや」と視線だけを斜め上へ寄せる。

「行ったことないから、興味はあるけど」

感情が直《ちょく》で顔に出る綾乃のことだ。好きな猫と戯《たわむ》れる姿は、可愛《かわい》らしいに違いない。

……という下心はあるが、当然胸にしまっておく。

「そっか、よかった」と上機嫌に頬を緩ませ、ぴょこぴょこと今にも跳ね出しそうな足取りで前に出た。その大きな一歩について行けず転びそうになるが、すんでのところで綾乃に支えられ事なきを得る。

その時、「ひゃーっ」という黄色い声が鼓膜を刺激した。同年代くらいの女子三人組がこちらを見て、ごにょごにょと何か話している。

声は聞こえないが、おそらく綾乃についてだろう。

通行人の多くが一度は彼女を一瞥《いちべつ》するが、ここまで露骨に反応されたのは初めてだ。

綾乃は小さく手を振った。それを受け彼女たちは、わっと盛り上がって頬を染める。

そのスマートさは映画や漫画のワンシーンじみており、彼女が自分とは別世界の住人であることを再認識した。

「……流石《さすが》、慣れてるな」

「昔から女の子によくモテるんだよね。この間も告白されたし」

告白されたのは初耳だが、綾乃を見るために別のクラスの女子が教室をよく覗いているのは知っている。同じクラスの同性には恵まれなかったようだが、来年クラスが替われば状況も一変するだろう。

対して男子はというと、四月は玉砕覚悟で告白する輩《やから》もいたようだが、最近はすっかり鳴りを潜めている。誰も負け戦に参加したくない。

「それ、断ったのか？」

「あぁ、うん。気持ちは嬉《うれ》しいけどね」

「ふーん」

「え？　気になるの、藤村。私が告白されて」

「いや、別に」

何の気なしに聞いただけなのだが、綾乃は小馬鹿にするような笑みを湛《たた》えた。

「どうでもいいの？」

「どうでもって……」

「付き合っちゃってもいいの？」

質問の意図がまったくわからない。

誰と付き合うかどういう青春を送るかは、その人の自由だ。京介には関与しようのないことであり、付き合いたいならそうすればいい。……しかし、気になることがある。

「まあ、いいんじゃないか。僕が勉強を教える時間は、減るかもだけど」

そう口にして、急激に顔が熱くなった。

気持ち悪いにもほどがある。何言ってるんだ僕は、と今すぐ頭を抱えたい。

頬に滞留する紅のやり場に迷っていると、綾乃はふふんと満足げに鼻を鳴らしてすり寄ってきた。「それは困っちゃうね」と蕩《とろ》ける声色に、心臓が跳ねる。

「も、もうすぐ着くからっ」

遠目に看板が見えてきたため、スマホを押し付けるように返す。

浅く深呼吸し、胸の搏動《はくどう》を整えた。

「私、緊張してきた。人懐《ひとなつ》っこい子ばっかりらしいけど、嫌われたらへこんじゃうな」

「相手は動物だから、思い通りにはいかないだろ。……てか、行ったことあるのか？」

「ないけど、なんで？」

「人懐っこい子ばっかりって言うから」

「あぁ。沙夜ちゃんがここの常連らしくて、いいとこですよって勧められたんだ」

そう言って、店のドアノブを握る。

「待て」と綾乃《あやの》の腕を取った。

彼女は目を丸くして、こちらに視線を配る。

「いるんじゃないのか。この中に」

「誰が？」

「東條《とうじょう》たちだよ。カラオケで話した時、詞島《しじま》さんも一緒だって」

「まさかぁ。考え過ぎだよ」

「今いなくたって、僕たちがいる間に来るかも——」

「藤村《ふじむら》は心配性だなぁ」

手を引かれ中に入り、受付と手の消毒を済ませてカフェに足を踏み入れた。明るいウッド調の広々とした店内を、何匹もの猫が闊歩《かっぽ》し、丸まり、客と戯れている。

客層は女性とカップルが大半のようだ。その中のある一組に、強烈に目を引かれた。猫など、どうでもよくなるほどに。

「……」

ほら見ろ、と綾乃を一瞥した。

彼女は粘土細工のような嘘くさい笑みを張り付け、ピクピクとまぶたを痙攣《けいれん》させている。

そこには、沙夜と琥太郎がいた。

「おぉー。二人とも、偶然だな」

小さな釣《つ》り竿《ざお》のような玩具で猫と戯れながら、琥太郎は空いた手を軽く振った。その横にちょこんと座る沙夜は、綾乃同様に不格好な笑顔で表情を固めている。

（だから言ったのに……）

こっちこっち、と手招きする琥太郎に、京介《きょうすけ》は素直に従うことにした。硬直する綾乃を半ば引きずるようにして歩み寄る。隠し通すと決めたのなら、下手に動揺しない方がいい。

「あ、綾乃ちゃん⁉　な、何で。というか、そちらの方は……」

「えーっと、あの、藤村の妹の京子ちゃんだよ」

「藤村さんの、妹さん？」

眼鏡の奥の瞳を細め、しげしげと京介の顔を見つめた。

訝《いぶか》しむのも無理はない。同級生の妹と休日にお出かけなんて中々ないだろう。

「へえ、そうですか。よろしくお願いします、京子ちゃん」

と思ったが、違ったらしい。

流石、綾乃のファンだ。沙夜《さよ》が浮かべた笑顔には、疑いの意思が微塵《みじん》もない。

ひとまず、二人の隣のソファ席に腰を下ろした。

店内は、想像よりもずっと綺麗《きれい》だ。

やわらかな色の照明。柱はキャットタワーに加工されており、一匹の猫が一番高い場所からこちらを覗《のぞ》いている。興味ありげに切れ長の瞳を瞬《またた》かせる姿は、とても可愛らしい。

「見てください。どの子も可愛いですよ」

そう言って、沙夜はテーブルの上のプロフィール表を渡して来た。

マンチカンの豆太郎、スコティッシュフォールドのメイメイ、ベンガルのティッグ……などなど、猫たちの顔と名前、性別と誕生日が記されていた。綾乃はパッと目を輝かせ、早速すぐそこで客たちを静観している白黒猫の名前を探している。

「あの子は、ミヌエットのココちゃんですよ。この店で一番の古株です」

綾乃が見つけるより早く、沙夜が答えた。

名前を呼ばれたことに気づいたのか、ココはぬっと短い足で身体《からだ》を持ち上げ、ゆっくりとした堂々たる歩き方を披露し沙夜の膝に飛び乗った。もにもにと膝の感触を確かめ、程なく足を畳み落ち着く。

「わぁ……！」

綾乃は心底羨ましそうな声を漏らした。

人慣れはしていると思うが、ここまで自然な流れで接触して来るのは、沙夜が常連だからだろう。背中をひと撫《な》でし顎を掻《か》けば、ゴロゴロと気持ちよさそうに喉を鳴らす。

「手、出してみてください」

「あっ。うん」

人差し指を差し出すと、ココはぬっと鼻を近付け匂いを嗅いだ。首をよじって額を擦《こす》り付《つ》け、挨拶が完了したのか「にゃっ」と小さく鳴く。

綾乃は顔を上げ、ぱちくりと瞳を輝かせた。沙夜に倣《なら》って背中に触れ、頭を撫で、顎を掻く。その感触が楽しいのか、バッと喜びに満ちた表情をこちらに向ける。

「すごい、生きてるよっ」

当たり前だろ、とは思ったが、言っていることがわからなくもない。水族館のふれあいコーナーでヒトデを触った際、生きていることに感動した過去を思い出す。

「写真、撮ってもいい？」

「フラッシュはたかないでくださいね」

「うんっ」

スマホを取り出し、二度三度と画面をタップしシャッターを切った。

撮れた写真を確認しご満悦の表情。するとココは立ち上がり、私の仕事は終わったと言わんばかりに「なぁー」と低く鳴いて、次の客の方へと歩いてゆく。

(プロだな……)

流石猫カフェの猫だ。ただの飼い猫ではなく、従業員としての責務をまっとうしている。

綾乃は名残惜しそうにその背中を凝視していた。もう少し撫でたかったのだろう。

「向こうにミウちゃんっていう、すっごい美人さんがいるんですよ。いつも同じところに立ってて、他の子と違って膝に乗ったりしないんですけど、何とカメラを向けたらキメ顔をしてくれるんです……!」

「ほ、ほんと。見たいっ」

沙夜につられて綾乃は席を立つが、チラリとこちらを見て眉をひそめた。

一緒に行ってもいいが、慣れない靴で随分と歩いて疲れていた。それに向こうも、女同士の方が何かと気が楽だろう。ひらひらと小さく手を振り、行ってくるように促す。

二人が離れて行くと、テーブルの上にぴょんと黒猫が飛び乗った。特に甘えるわけでも、寝転がるわけでもなく、満月色の瞳でこちらを見つめている。

プロフィール表を見ると、ブリティッシュショートヘアのアズキで、この店一番のクールビューティーらしい。ふむふむと目を通していると、アズキはひょっと膝に飛び乗って丸まり落ち着いてしまった。

「撫でてやれよ、フジ。せっかくなんだし」

コーヒーを片手に沙夜を眺めていた琥太郎《こたろう》が、すっと京介に視線を移し言った。

「あ、あぁ」

手足は短めで、身体はどっぷりと丸い。ふかふかとした触り心地のいい毛に覆われており、指がどこまでも沈んでいきそうだ。

昔飼っていた猫を思い出しながら顔の横を掻くと、アズキは気持ちよさそうに目を細め頭を擦り付けて来た。その仕草は息が漏れるほどに可愛《かわい》らしく、今日一日の疲れが吹き飛ぶようだ。

……と、十秒ほどアズキを堪能《たんのう》したところで。

京介は違和感に気づき、琥太郎に目を向けた。彼は沙夜に寄せていた視線をもう一度こちらに戻し、「ん？」と首を傾《かし》げる。

「お前、今、フジって……」

さっきはあまりに自然に呼ばれたため認識できなかったが、よくよく考えるとおかしな話だ。綾乃も京介も、京子《きょうこ》という架空の人物を作り上げて誤魔化そうとしている。ここまで確信を持って呼ばれるほど、ボロは出していない。

「気づいてたのか？　どこから？」

「最初見た時から。っても、半信半疑だったけどな」

「嘘《うそ》だろ。かなり完璧にメイクして貰《もら》ってるぞ」

「まあでも、雰囲気？　っていうか、空気みたいなのは一緒だし。マジで妹かとも思ったけど、綾乃ちゃんが妙によそよそしいから」

「わかった上で嘘に付き合ってたのか……」

「バラしたって仕方ねえだろ。綾乃ちゃんが隠したがってたし、野暮なことはしねえよ」

琥太郎はカップに口を付け、「しっかしなぁ」と意地の悪い笑みを見せる。

「僕をあげるとか何とか言ってたが、こういうことか。似合ってるぞ、京子ちゃん」

「佐々川《ささがわ》さんがそうしたいって言ってたんだよ。僕の趣味じゃない」

言うと、琥太郎は感心したような表情で頷《うなず》いた。

佐々川さんの要望に応えた、という部分が琴線に触れたのだろう。こういう単純なところは、良くも悪くも尊敬できる。

「にしても、悪かったな邪魔しちまって。せっかくのデートなのに」

「デートじゃないから。ただ遊びに出掛けただけだし」

「えっ？　フジ、綾乃ちゃんと付き合ってるんだろ？」

「……何でそうなるんだ」

半眼で睨《にら》みつけると、琥太郎は釈然としない面持ちで肩をすくめた。

冷静になって思い返す。これまでの諸々が脳裏を過《よ》ぎり、そういう勘違いをするのは仕方ないことではないか、と思えてきた。

彼がそう感じたということは、佐々川綾乃という何かと目立つ生徒が絡《から》む以上、他の人間も同じことを考えている可能性が高い。

内心頭を抱えていると、沙夜がほくほく顔の綾乃を連れて戻って来た。

どうやらいい写真が撮れたらしい。

「何を話してたんですか？」

「沙夜がいかに可愛いかを説明してたんだ。な、京子ちゃん」

沙夜の問いに、琥太郎はパッと明るく返した。

「……猫を見てくださいよ」

呆《あき》れ顔《がお》の沙夜に、へらへらと笑う琥太郎。

綾乃は京介の膝の上の猫に気づき、「ふぁあ」と今にも溶けそうな声を漏らし席に着いた。いいないいなという羨ましそうな面持ちは目の保養だが、しかし今はそれどころではない。

膝の上のアズキは、誰のどんな感情にも忖度《そんたく》することなく、「にゃー」と退屈そうに鳴いた。

この店は時間制のため、琥太郎と沙夜は一足早く退店。

それから十分と経《た》たず、京介たちも帰路についた。電車に揺られて、その足で綾乃《あやの》の部屋へ向かう。この姿のまま家には帰れない。

「どうかしたの？」

駅を出て数分。

先ほどからじろじろとこちらを見ていた綾乃が、ついにぬっと顔を覗き込んできた。

「どうって、何が？」

「ずっと難しい顔してるし、何かあったのかなって」

「カラオケの時も思っただけ、僕ってそんなに顔に出るかな」

「藤村《ふじむら》は結構わかりやすい方だと思うよ。何か考えると、眉がこう、にゅってなるもん」

両手で自分の眉を寄せて見せ、えへへと得意げに笑う。自分は何でもお見通しだ、とでも言いたいのだろう。

「……東條《とうじょう》に言われたんだよ。僕と佐々川さんが……その、付き合ってる、とか何とか」

「えっ」

「もちろん、否定しておいたけど。でも、確かにそんな勘違いをされても仕方ないことしてるし、他にもそんな風に思ってる奴《やつ》がいるんじゃないかなって……」

僕なんか、とは言わない。

しかし、自分と綾乃が釣り合わないことは火を見るよりも明らかで、きっとこの勘違いは彼女にとってマイナスに働く。

また京介《きょうすけ》としても、綾乃のことは好意的に捉えているが、それは恋愛感情とは別のものだ。にも拘《かか》わらず、そういう印象を持たれるのはむず痒《がゆ》い。しかし、綾乃は、

「いいんじゃない、別に」

と、あっけらかんと言い放った。

「周りにどうこう言われるから会わないようにするとかバカみたいだしさ」

「バカみたいって、いやそれは……」

「藤村は考え過ぎだよ。勘違いしたい人にはさせておけばいいの」

「じゃあ、冷やかされて気分悪くなったりしないのか？　相手は僕だぞ」

そう口にして、まずいと息を呑《の》む。

綾乃の前では、ネガティブな発言を控えるつもりでいた。これではまた怒らせてしまう。

だが、少し待っても彼女は口を開かない。代わりに聞こえてきたのは、重く切ないため息だった。

「……私と離れたい理由が欲しいなら、勝手にすればいいけど」

「ち、違っ――」

瞬間的に否定し、彼女を見上げた。

そこにあったのはニヤニヤとした得意げな笑み。「へっへっへっ」と悪役のように言いながら、人差し指で頬をつついてくる。

「必死だなぁ。そんなに私といたいの?」

まんまと嵌《は》められてしまい、恥ずかしさに唇を噛《か》む。……が、否定はしない。

今までよりも少しだけ、彼女の手を強く握った。一緒にいたいか、いたくないか、その二択に対して素直に口で答えるには、もう少し時間がかかる。

第16話　ごめんね

♠

七月に入ってすぐ期末テストが始まり、綾乃は日頃の勉強の甲斐《かい》あって全教科平均点以上とまずまずの成績を収めた。京介も全体的に点数は伸びたが、順位は上がらず中間テスト時と同様に四位だった。

ちなみに、沙夜《さよ》は案の定一位をキープ。

琥太郎も全教科赤点を回避し、夏休みに補習がないと喜んでいた。

期末テスト後すぐに球技大会が行われたが、運動が得意ではない京介には関係のないこと。

邪魔にならないようひっそりと隅に座っていたら、いつの間にか終わっていた。綾乃に絡まれたのはよく覚えているが、どのクラスが負けて、どのクラスが勝ったのかは記憶にない。

一学期も佳境。あとは終業式を残すだけ。

梅雨は最後の力を振り絞り、連日地面に雨を叩《たた》きつけていた。浮足立つような気忽《けだる》いような、何とも形容し難《がた》いふわふわとした空気が学校全体を覆っている。

皆一様にどこか上の空。

京介も例外ではなく、雨音に耳を貸しているうちにその日全ての授業が終了していた。

「嘘だろ……」

玄関で靴を履き替え、さあ帰ろうと傘立ての前に立ち苦笑気味に呟《つぶや》いた。

「どうしたの？」と覗《のぞ》き込む綾乃。京介はガックリと項垂《うなだ》れてため息をつく。

「傘、パクられた」

「えっ。朝から降ってたでしょ」

「自分のと間違えたんだろ。普通のビニール傘だったし」

「んー。まあ、いいんじゃない？」

私のがあるから、と綾乃は自分の傘を開いて見せた。

相合傘。若干の抵抗はあるが、濡《ぬ》れて帰るわけにはいかないし、まして誰かの傘を盗むわけにもいかないため仕方がない。

「こんなこと、前にもあったよね」

歩き出すなりそう呟いて、綾乃の瞳は前を向いたまま四月の情景を映す。

忘れもしない、あの日。彼女が傘を盗まれ、立ち尽くしていた放課後。

桜の花びらで滑って転んで負った傷は、痕になって消えそうにない。

「あの時さ、何でわざわざ折り畳み傘買って来たの？　普通の傘のが安いでしょ」

「……あれは、たまたま鞄《かばん》に入ってたって言っただろ」

「嘘だぁ。新品だったじゃん。タグ付いてたし」

「買ってそのままにしてたんだ」

デジャブだ。前にも似たようなやり取りをした気がする。

よほど訳を知りたいのか、「ねぇーねぇー」と傘を左右に振りながら言った。そのたびに身体《からだ》がはみ出し雨に濡れる。これでは傘を差していないのと変わらない。

「傘がなくて困ってる人に新品の傘を買って渡すって、恩を感じろよって言ってるようなもんだろ。折り畳み傘なら常備してたっておかしくないし、だから渡しても問題ないかなと……」

自分で言っていて恥ずかしくなってきた。

「……悪かったな、回りくどいことして」

「謝らないでよ。藤村のそういうとこ、私好きだよ」

性格についての評価だとわかってはいるが、その言葉に心臓が跳ねた。顔が熱いのはきっと夏のせいだ、と頬を掻《か》く。

「あとちょっとで夏休みだね」

そう言って見上げた視線の先には、雲の切れ間からわずかに顔を出す太陽があった。

気温は連日右肩上がりで、世の中は確実に夏へ向かっている。もうすぐ梅雨明け、じきにセミも鳴き始めるだろう。

「藤村は予定とかあるの？」

「帰省するくらいかな。あとは家でダラダラしてる」

「ええー、どっか行こうよ。プールとか、キャンプとか」

一瞬、綾乃の水着姿が脳内を駆け抜けて行った。

しなやかな肢体、同性ですら振り返るような身体つき。きっと大人っぽい水着が似合うのだろうな……とそこまで考えて、邪《よこしま》な妄想を振り切り咳払《せきばら》いをする。

「プールはともかく、キャンプは無理だろ。アウトドアの知識ないぞ」

「そこはほら、沙夜ちゃんも誘ってさ。そしたら幼馴染《おさななじ》みの人も来るだろうし、何とかなりそうだけど」

「幼馴染みって、東條のことか？」

「そういうのに詳しそうな感じするじゃん、あの人」

確かに、と頷《うなず》く。

あの男は十中八九、セミを追いかけプールに通い、山を駆け回り橋から川に飛び込んでいたタイプだ。火起こしやテントの設営くらいお手の物だろう。仮にこれらがまったくの偏見だったとしても、少なくとも京介より筋力体力共に優れているため、その場で何とかしてしまいそうな雰囲気がある。

「でも、仕事が入ってるからあんまり時間ないんだよね」

「結構忙しいのか？」

「うん。ありがたいことだけど」

目を細めて浮かべた苦笑いは、複雑な感情を孕《はら》んでいた。

前に彼女の部屋でした会話を思い返す。何となく始めて、何となく続けているだけ。やりがいはそれなりにあるのだと思うが、惰性であることに違いはないのだろう。

「……僕はいつでも暇してるから。まあ、気が向いたら誘ってよ。何でも付き合うから」

「女装でも？」

「もう二度とやらん」

ちぇー、とわざとらしく唇を尖《とが》らせた。

あれは予定外のプレゼントだ。出来上がった姿は可愛《かわい》かったし、不快な一日だったとは口が裂けても言えないが、しかしまたやりたいかと聞かれたら否《いな》と答える。恥ずかしかったことに変わりはない。

「カキ氷作りたいんだよね。本格的な氷で、イチゴ味ね」

「夏っぽくていいな」

「お祭り行きたいな。浴衣《ゆかた》着てみたいの」

「似合うんじゃないか」

「天体観測もしてみたい。プラネタリウムでしか、ちゃんと見たことないし」

「うちに望遠鏡あるぞ」

「あとね、えっと、あと……」

その横顔は、お子様ランチを前にした子供がどれから食べようか迷っているようだ。

少し汗ばんだ微笑は妙に艶《つや》っぽく、いつまでも見ていたくなった。観賞しているうちに、彼女の頬に朱色が差し双眸《そうぼう》がこちらに向く。

「今まで通り、時間が合ったら勉強教えてね。美味《おい》しい料理、作るから」

と言って、足を止め笑った。ヒマワリのように、口元を咲かせる。

それがあまりにも綺麗《きれい》だったから、「ああ」も「うん」も喉から出て来ず、ただ深く首肯することしかできなかった。

「明日うちに来たら、とっておきのオムライス作ってあげる」

「とっておき？」

「そう。ふわとろなのマスターしたの！」

ふんすと鼻息を漏らし、再び歩き出した。

雨に濡れないよう、彼女のあとを追う。明日への期待に解《ほど》ける唇を、顔を逸《そ》らして隠しながら。

「あ、待って」

電話が来たらしく、綾乃《あやの》は急いでスマホを取り出した。

「……」

画面を見つめたまま硬直する。

湿り気を帯びた横髪がさらりと落ちて、こちらから表情が確認できない。

「……ごめん、ちょっと話してくる」

そう口にするなり傘を京介《きょうすけ》に押し付け、数メートル離れた建物の軒下まで移動した。

この距離に雨音も相まって何を話しているかはわからないが、怒気を孕んだ真剣な表情から世間話でないことは理解できる。

（佐々川《ささがわ》さんの……父親……）

傘から出ていく際、わずかに覗いた顔には負の感情が張り付いていた。

彼女の誕生日に来た、父親からのお祝いの電話。今しがた目にした表情は、あの時に見たものと酷似している。

前回の電話は十秒も経《た》たず終了したが、今回は重要な話なのか五分近く待っても戻って来ない。

その時、綾乃は大きな声をあげて乱暴に電話を切った。

明らかに尋常ではない事態に訳を聞こうと口を開くも、彼女は戻るなり「行こ」と冷ややかに呟いて傘を取り歩き出す。

一歩遅れて後を追う。

歪《ゆが》んだ横顔は何も話したくないと言っているようで、京介は開きかけた唇をそのままおろした。

◇◇◇

翌日、綾乃は学校に来なかった。

急な用事だろうかとメッセージを送るが返事はなく、次の日も学校を無断欠席。その日の夜には既読が付いていたが、しかし返答はない。

更にその次の日も、その次の日も……。

教室の一席が空っぽのまま梅雨が明け、終業式が目前まで迫る。心配した担任が連絡するも繋《つな》がらず、家を訪ねたが不在だったらしい。

沙夜《さよ》を含め、クラスの全員が仕事に忙殺されていると思っているようだが、京介は一人別の疑念を抱いていた。

あの電話。あのほんの五分が、決定的に何かを変えた。

少なくとも体調不良ではなく、仕事でもない。予想通り父親と何かあったのか、別の何かかはわからないが、嫌な予感だけが背筋を這《は》う。

京介は迷っていた。

メッセージを無視するということは、触れて欲しくないということだ。

電話も家を訪ねるのも簡単だが、迷惑がられるかもしれない。

……だが、放っておけるほど彼女をどうでもよく思っていない。

（こんなこと、前にもあったな……）

午後四時を回っても太陽の自己主張の強さは収まらず、鼓膜を割るようなセミの声は止まらない。

一歩一歩が修行の如《ごと》き暑さの帰路を行きながら、中学の時のことを思い出した。それが最悪の決断だと知りながらも、彼女の意思だからと言われるがままに従った記憶を。

明日を越えれば、その先には夏休みが控えている。

カキ氷はともかく、祭りに行くなら多少は下調べが必要だろう。

天体観測にしてもキャンプにしても、人里離れた場所までの足をどうするか考えなければならない。

プールに入るなら水着を買わなくては。

学校に来たくないのなら、別にそれは構わない。

だが、楽しい夏休みを過ごすなら相応の準備がいる。

話し合いが、いる。

（……迷惑、かもしれない、けど）

立ち止まり、ポケットからスマホを出した。

（そういえば、僕から佐々川さんに電話をかけるのって初めてだな……）

緊張で震える指に鞭《むち》を打って、画面をタップする。

会話の内容は決めていない。そもそも出てくれるかどうかすらわからない。出なかった時は家まで押しかければいい。

声が聞きたい。

今は、ただひたすらに。

『……どしたの』

スマホから、ひしゃげた声が鳴った。

ハッと目を剝《む》いて、すぐさま自己嫌悪《けんお》に襲われた。

こんなに元気のない声を聞いたのは、イヤリングを失《な》くした時以来だ。どうしてもっと早く、強気に出なかったのだろう。

「体調、悪いのか？」

『ううん。大丈夫だよ』

大丈夫ではないことくらい、京介にもわかる。

ふと、あることに気づいた。彼女の周りから聞こえてくる雑音は、明らかに自室のものではない。

「どこにいるんだ？」

『藤村《ふじむら》には関係ないでしょ』

「関係ある。友達だから」

理由としては弱い。たかがそんなことで、踏み込まれたくないかもしれない。

だけど、手を伸ばさずにはいられなかった。

『…………駅』

長い沈黙を挟み、彼女は小さく零《こぼ》した。

「どっか行くのか？」

『わかんないけど。たぶん、遠いとこ』

「遠いとこってどこだよ」

『海……とか、そんな感じ』

無意識のうちに、つま先は駅を目指して歩いていた。

自暴自棄になっていることが、声からも伝わってくる。

「僕、今から行くから」

『来てどうするの？』

「わからないけど、一緒に行く」

『今日はもう帰れないよ』

「別にいい」

『よくないでしょ』

「いいんだよ、そんなこと」

いつの間にか駆け出していた両足。

汗ばんだ腕に、ワイシャツの袖が張り付く。

「何でも言うことを聞かせる権利、僕の分、まだ使ってなかっただろ」

『えっ？』

ホラー映画を観《み》て最初に悲鳴をあげた方が――。

いつかしたそんな遊びで、綾乃に言うことを聞かせる権利の使用を、京介はずっと保留にしていた。思い出したのか、電話口から『あぁ』と声が漏れる。

「それ、今使う」

『で、でも』

「僕が着くまで、そこから動くなよ」

独善的だ。自己満足だ。本当にこれが彼女のためなのだろうか。

（考えるなっ）

踏み出すごとに湧く疑念。

嫌われるかもしれない、泣かれてしまうかもしれない。

（考えるな……っ！）

足を止める理由が散乱する道を、できるだけ強く蹴って前へ進む。

これだけ全力で走ったのはいつぶりだろう。

全身から汗が吹き出し、息は絶え絶えで今にも倒れそうだ。

何事かと周囲から視線を向けられるが、構わず改札を通ってホームへ急ぐ。階段の一段一段に身体《からだ》が軋《きし》む。ほんの十数段先が遥《はる》か遠くに見える。

階段をのぼってすぐのところに、彼女が立っていた。

ジーンズに白のブラウス、亜麻色のストール。手入れをしていないのか、髪からは艶《つや》やかさが消え寝起きのようにボサボサだ。顔にも化粧気がなく、リップすらしていない。ここまでスイッチの切れた彼女は初めて見る。

「……本当に来たんだ」

「い、行くって、言ったんだから、あ、当たり前、だろっ」

肩で息をしながら、近くの自動販売機でスポーツドリンクを二本購入した。冷たいボトルを首筋に当てて滞留する熱を逃がしながら、もう一本を綾乃に押し付ける。

「飲んで」

「いらないよ」

「まともに食べてないことは、その顔見れば僕にもわかる。水分くらい摂《と》っとかないと、海に着くまでに倒れるぞ」

この暑さだからなと太陽を一瞥《いちべつ》すると、綾乃《あやの》は釈然としない表情を浮かべながらもキャップを捻《ひね》り口を付けた。よほど渇いていたのか、およそ半分が胃の中へ消える。

「……ごめんね」

キャップを締めて一息つき、彼女は少しだけ精気が戻った瞳でそう呟《つぶや》いた。

今にも泣き出しそうな面持ちに、京介《きょうすけ》は視線を伏せ「謝るなよ」と返した。謝らなければならないのはこちらの方だと、静かに唇を噛《か》む。余計なことで迷わずもっと早く動いていれば、そんな顔をさせずに済んだかもしれない。

キィーッと音を立て電車が停《と》まった。

彼女の手を取り、半ば引きずるようにして乗り込む。潮風を目指して。

第17話　好きなんだ

♠

　電車に揺られ一時間ちょっと。

　駅に降り立つなり海水の匂いに襲われ、様々な感情でグチャグチャになっていた頭が一気に鎮火した。ひとまず今日は帰れないと家に連絡し、今晩の宿をスマホで探す。

「僕あんまりお金ないから、素泊まりできるとこがいいんだけどな……」

「えっ。本当に帰らないの？」

　画面と睨《にら》めっこしながら呟くと、綾乃は目を剝いて驚きの表情を作った。

「佐々川《ささがわ》さんが帰るなら帰るし、帰らないなら帰らない。それとも、僕一人で帰った方がいいか？」

　見上げて聞くと、彼女はきゅっと口元を結び頰を染め、そのままゆっくりと俯《うつむ》いた。繋いだ手を強く握り、ふるふると小さく首を横に振る。

　再びスマホと対面し宿を探す。

学校によっては、既に夏休みが始まっているところもあるだろう。時期が時期なのもあり、どこも空きがなく、あったとしても高額だ。流石《さすが》に三万も四万も出せない。

最終的には、途中替えの下着とTシャツを購入するために立ち寄った古びた洋服屋の店主から、ビジネス旅館を紹介して貰《もら》った。

高校生だけで利用できるのだろうか、という不安はあったが、宿の主《あるじ》のお婆《ばあ》さんが「姉弟《きょうだい》二人でいいわねぇ」と綾乃を成人した姉だと勘違いし事なきを得る。

八畳の和室。ブラウン管のテレビと小さな冷蔵庫、窓際《まどぎわ》の椅子とテーブル以外に何もない。

窓の外には海が広がり、太陽が傾きかけているのもあって砂浜は閑散としている。

「ごめんな。二部屋とれなくて」

「気にしないよ」

「夜は離れて寝るから」

緊張もするし動揺もしているが、今この空気の中で表情に出すのは憚《はばか》られた。精一杯平静を保って息をつく。

「海、見に行こうか」

荷物を置いて、窓を開けた。

古めかしい畳の匂いに満ちていた室内に、夏の香りが流れ込む。

「……うん」

砂浜に座って、どれくらい経《た》っただろう。

夕闇色の海水がざざーっと音を立てた。街灯に明かりが灯《とも》り、建物から光が漏れる。

地面についた手の上に、不意に彼女の手のひらが重なった。視線を上げると、そこには儚《はかな》い笑みが咲いている。

「この時間の海って初めて。いいね、静かで」

「そうか？　僕はちょっと怖いけど。うるさい海水浴場しか行ったことないし」

「私は平気だよ。全然怖くない」

「あーそうかい」

「藤村と一緒だからね」

「……おう」

何気ない言葉をやり取りして、いつものように笑みを交わす。

わずかな沈黙の後、綾乃はゆっくりと波の方へ顔を向けた。京介の手を、きゅっと握り締めて。甲に感じる手汗は、焼けそうなほどに熱い。

「うち、さ……」

そう零すと、涼しい風が彼女の横髪を絡《から》めていった。

「ママ、いないんだ。ずっと前に……私の誕生日に、いなくなっちゃって」

知っていた、わけではないが、ある程度察していた。

イヤリングの件が顕著だ。綾乃は母親が絡むと、いつも物悲しい顔をしていた。

しかし、こうして正面から口にされると心に来るものがある。

自分にとっては、家に帰れば当たり前にいる存在。それがいない感覚は、京介の想像を超えている。

「誕生日の前の日、ママにあのイヤリングが欲しいってお願いしたの。でも、私にはまだ早いって怒られてさ。それで、酷《ひど》いこといっぱい言っちゃってね……朝起きたらいなくなってて」

ははっ、と痛ましい笑みを作った。悲しみを誤魔化すように。

「……それが理由じゃ、ないだろ」

「パパもそう言ってくれたけど、本当のとこはわかんないんだよね。けど、中三の誕生日にママから手紙が送られて来たの。あのイヤリングと一緒に」

綾乃は「私が載ってる雑誌とか、いつも見てくれてたんだって」と続けながらも、その声には覇気がない。

「手紙が来て本当に嬉《うれ》しかったんだけど、パパはこんなのたちの悪い悪戯《いたずら》だって言ってさ。すごい大喧嘩《おおげんか》になって……」

「だから、一人暮らしすることになったのか」

うんと頷《うなず》いて、一瞬伏せた瞳を波に戻した。

「この前の電話はパパから。今度再婚するから、できたら新しいママに挨拶して欲しいって言われた」

「えっ」

「……あと、ママの家族が、失踪宣告っていうのするんだって」

「失踪……何だ、それ」

「いなくなった人を法律上死亡扱いにする制度。ママの家、お金持ちだからさ。一人でも少ない方が、ほら……遺産の取り分とか多くなるんでしょ」

投げやり気味に言い放って、ふっと酷く乾いた笑みを鼻から漏らす。

あの電話を受け、彼女があぁも取り乱した理由を理解した。

突然新しい母親の話をされ、前の母親はこれから死ぬと言われて、混乱しないわけがない。何より綾乃は、失踪してもなお母親を愛しているのだから、そのどちらも受け入れ難《がた》いだろう。怒鳴りもするし、引きこもりもするし、自棄《やけ》にもなる。

「何か……もう、私バカみたいじゃん。パパも本心ではママのこと好きで、向こうの家族も捜してくれてるって思ってたのに。皆《みんな》、ママはいらないんだって」

京介には、どちらの真意も知るすべがない。

もしかすれば、綾乃の父親は深く考え悩んだ末に再婚の道を選んだのかもしれない。母方の家族も、それが最善の選択だと思ったのかもしれない。

そこまで想像して、しかしどうしようもなく腹が立った。

なぜそれら全てが事後報告なのだろう。どちらも彼女にとって重大だということは容易に想像できるはず。もちろん綾乃は反対し話がこじれるとは思うが、それでも話し合わないよりはマシだ。

「……でも、一番辛《つら》かったのは、新しいママがいい人だったことでさ」

「話したのか？」

「電話で、ちょっとだけ。私のこと、すごく心配してくれて、優しくしてくれて。落ち着いたら会いましょうって。それが、本当の、ママみたいで……っ」

せき止めていたものが決壊し、大粒の涙が砂浜に落ちて消えた。

「何で嫌な人じゃないのって、思った。私に嫌いって思わせてよ、って。でも、パパよりママの家族より、味方してくれてさ。こんなの責められないじゃん！　こんなこと考えてる私が一番嫌な奴《やつ》だよ‼」

呼吸が乱れ、頬を何度も熱いものが伝う。

「……だから、色んなこと考えちゃって。私がこんなだから、やっぱりママから嫌われてるんじゃないか、とか。あの手紙も本当に悪戯なんじゃないか、とか」

と言って、笑う。

「一人が怖くて、誰にも嫌われたくなくて、お金でも何でも使って誤魔化してきたけど……でも、私がいなくなったらパパも皆も幸せになるんじゃないか、とかさ」

諦念と焦燥をぐちゃぐちゃに混ぜたような感情を、口元のシワに刻む。

そのあまりにも空虚な美しい表情に、京介は胸を貫かれるような痛みを覚える。

「それは違う」

腰を上げ、そう口にした。語気を強め、精一杯自信たっぷりに言い放った。

今まで綾乃が零《こぼ》していたのは、全て家族の話だ。内輪の揉《も》め事《ごと》に対し、京介には干渉するすべがなく、彼女がそれを望んでいるとも限らない。

だが、今の発言は違うと思った。

黙って背中をさすり、うんうんと聞き流していいものではないと確信した。

「僕は佐々川さんがいなくなったら困るぞ」

「……でも、私」

「大体聞いていれば、佐々川さんのどこに非があるんだ。同じ立場だったら、誰だって新しい母親を目の敵にするだろ。それなのに、ちゃんといい人だって思えるお前が、嫌な奴なわけがない」

立場と境遇を考慮すれば、綾乃《あやの》が新しい母親を悪者と指差すのは自然な流れだ。

それでも、彼女は別の道を選択した。誰にでも真似《まね》できることではない。

「……僕は、佐々川さんが好きなんだ」

ふっと、彼女は顔を上げた。

何の足しにもならないかもしれないが、その頭に手を置き優しく髪をすく。

「だから、僕の友達の悪口を言うなよ。僕だって怒るんだぞ」

それは、いつか彼女から贈られた言葉だった。

もう一度、頭のてっぺんから耳のあたりまで撫《な》で下《お》ろした。海の深いところに沈んでいた瞳に、夕日の色が灯る。ぱちりと大きくまばたきをして、薄く開けていた唇を結ぶ。

「ごめんね」

頬に差した朱色がよほど重たいのか、ゆっくりと顔を伏せて呟《つぶや》く。

「だから謝るなって」

またしてもそう返して、口の端を笑みで持ち上げた。

よほど疲れていたのか、綾乃は十時を回る前に眠ってしまった。

慣れない枕では中々眠れない京介《きょうすけ》は、かれこれ二時間近くぱっちりと目を開けて天井を見つめていた。静かな夜を彩《いろど》る波の音は心地いいが、同時に何もかも呑《の》み込んでしまいそうで不安にもなる。

（本当に泊まってるな、僕……）

今更ながら冷静になった頭で、ははっとから笑いした。

母親からは怒りの連絡が鳴りやまないし、明日は朝一で出ない限り学校にも間に合わない。きっと綾乃は、明日も登校する気はないだろう。まさかこんな形で、夏休みに突入するとは思わなかった。

水分を摂《と》ろうと布団《ふとん》から這《は》い出《で》て、冷蔵庫に入れていたスポーツドリンクの残りを飲み干す。

ふと綾乃を見ると、ほんの数時間前のことが嘘《うそ》のような至福の表情で眠っていた。相変わらず綺麗《きれい》だな、と若干の罪悪感を抱えながら近付いて覗《のぞ》き込む。頬に触れ頭を撫でると、眠りながらもくすぐったそうに微笑《ほほえ》む。

（……あれで良かったのかな）

砂浜でのやり取りを回想しながら、綾乃の髪をすいた。

ここまでついて来て京介にできたのは、自分を卑下しないよう注意を促すくらいだった。

他人の家庭事情には逆立ちしたって踏み込めないし、仮にできたとしてもそれは事態をよりややこしくするだけだろう。結局問題を解決できるのは、綾乃を除いて他にいない。

無力さと悔しさに歯噛《はが》みし、目を細めた。

自分には何ができるのだろう。

大きなことは無理だ。ならば、小さなこと。自分にしかできない、彼女が望む何か。

一つだけ、思い当たる節があった。それをしたところで問題は何一つ解決しないが、少なくとも彼女は喜ぶ、かもしれない。

「……綾乃」

ホラー映画での罰ゲームの際、彼女は言った。いつか下の名前で呼んで欲しい、と。

異性を下の名前で呼ぶのは、親族を除けばこれで二人目。

全員を一律に苗字《みょうじ》で呼ぶのは、自分から歩み寄ることが怖いからだ。

一つ壁を作っておけば、距離感を間違えることはない。万が一関係性が破綻しても、それほど仲がいいわけではなかったと自分に言い訳できる。

慣れない響きに頬が熱い。

朝起きて、突然下の名前で呼び始めたら不自然だろう。ここは段階を重ねて……いや、事前に確認を取ってから呼ぶべきか。

「もう一回」

不意にぱっと瞼《まぶた》を開いて放った言葉に、京介は「うぉ」と呻《うめ》きながらのけ反った。

「お、起きてたのか?」

「冷蔵庫開けた音でね。私、あんまり眠り深くないから」

身体《からだ》を起こして敷布団《しきぶとん》の上でぺたん座りした。眠気が残留する瞳で、京介を見据える。

「それより、もう一回」

「も、もう一回って……」

「私、よく聞こえなかったな」

「……綾乃」

口に出して、胸の奥から昇って来る熱に耐えた。

恥ずかしがるような素振りを見せたら、そう呼ぶのが嫌だと思われるかもしれない。

違う、嫌ではないのだ。踏み込むのも、踏み込まれるのも、どちらも怖くて呼んでいなかっただけで。

「綾乃」

もう一度、今度はより大きく声に出した。

月明かりだけが頼りの薄闇漂う室内でも、その頬の朱色と淡い笑みはハッキリと確認できた。途端に心地いいむず痒《がゆ》さに襲われ、ついに京介は視線を伏せる。

「何でいきなり？」

「僕にできることは、やらなきゃって思って。……呼んで欲しいって言ってただろ」

よほど嬉しいのか唇をもにょもにょと動かしながら、綾乃はこくりと大きく頷いた。

「だから、困ったことがあったら言えよ。僕にできることなら、何でもするから」

「女装でも？」

「今、真面目な話してるんだけど」

「うそうそ、冗談だって」

「ったく……」

後頭部を掻《か》いて息をつきながら、軽口を叩《たた》く余裕があることにほっとした。

「じゃあ、一個……お願いがあるの」

瞳をわずかに落として、真剣な声音で告げた。

「私……やっぱり諦められないから、いつかママを捜そうと思う。見つけて、お話して……。帰って来て貰《もら》うのは無理だと思うけど、私だけでもママはいるんだって知っておきたい」

「……それはいいが、捜すってどうやって？」

「貰った手紙に、住所が書いてあって。パパに捨てられちゃったから、正確なところは覚えてないんだけど、地名だけなら何とか……」

と口ごもりながら、身体をもぞもぞと動かす。

綾乃は、見た目に反して中身は実年齢以下だ。好奇心旺盛で、だけど怖がりで、寂しがり屋で。

そんな少女に、失踪した母親を一人で捜せというのは酷な話だろう。

忘れられているかもしれないし、実は本当に嫌われているかもしれないし、そもそも見つからないかもしれない。無数の不安と闘いながらの旅路に本来必要な親族は、彼女の周りには誰もいない。

「僕でいいなら付き合うよ。綾乃一人じゃ猫カフェにも着かなかったし、イヤリングの時みたいに焦《あせ》って周り見えなくなられても困るしな」

思ったより、ぶっきらぼうな言い方になってしまった。できることならやり直したい

——そんな反省の間はなく、気づけば抱き締められていた。

柔らかく、温かい。

京介の小さな身体では到底包み込めないが、それでも何とか腕を広げて背中に回す。

「……ありがとう」

謝罪ばかりの今日の中で、それは初めて聞いた台詞《せりふ》だった。

震える声。Tシャツに染《し》みる熱いもの。小さな嗚咽《おえつ》と共に、彼女は必死に言葉を紡《つむ》ぐ。

「ありがとう、京介」

身体を寄せ合うには、暑い季節。

しかし二人は肌が汗ばむのも構わずに、お互いがそこにいることを確かめ合った。

エピローグ

♠

帰宅後、親からあれこれと事情を聞かれたが、友達の家に泊まっていたで押し通した。

終業式をバックレておいて泊まっていたも何もないが、父親の「若いんだしいいんじゃないか」の一言で事なきを得る。

翌日、綾乃と共に学校へ向かった。担任に平謝りしてから課題等《など》、諸々《もろもろ》の書類を受け取り、ようやく正式に夏休みが始まる。

しかし、そこからは慌ただしかった。

綾乃は学校に来なかった期間、仕事もサボっていたらしく、あちこちに謝りに行くと言って駅へ急いだ。

その背を見送ったところで、夏休みの課題を一緒にやって欲しいと琥太郎《こたろう》から連絡が入る。夏休み最終日まで溜《た》め込み半泣きで終わらせるのが恒例化しているため、高校初めての夏休みは早々に終わらせて沙夜《さよ》をぎゃふんと言わせたいらしい。

こちらとしても課題が早く片付くのは万々歳なため、その申し出を承諾、ファミレスで落ち合い夕方まで課題を進め、明日もやろうと約束を交わした。

最初の一週間は勉強三昧で、綾乃《あやの》とは一日だけ会えたがそれ以外は仕事にかかりっきり。

そんな折、京介は期せずしてバイトを始めることになった。

職場は近所の小さな書店。

老夫婦で回していたがお爺《じい》さんが腰をやってしまい人手が足りず、それを聞きつけた世話好きな母親が息子を差し出したのだ。

勝手に決められたことだが、むしろ好都合。

元よりバイトは探していたし、夏休みだから時間は有り余っているし、特に今はどうしてもお金が必要な理由がある。

お婆《ばあ》さんの指導の下、慣れないながらも仕事を行う。

立地的にも店舗の規模的にも、大量の客が一挙に押し寄せてレジがてんてこ舞い、ということはなく、本を運ぶ等の重労働はあるが、基本的に朝から夕方まで緩やかに時間が流れてゆく。

「いらっしゃいませー」

無人の店内。レジに座り本を読んでいた京介は、ガラガラと戸が開いたのを聞いて顔をあげる。

茹《ゆ》で上《あ》がるような外気と共に入って来たのは綾乃だった。裾フリルの可愛《かわい》らしいベージュのキャミソールに、夏が香るライトブルーのデニムのワイドパンツ。頭に麦わら帽子を載せ、大きなキャリーバッグを引いていた。

サングラスを外して「へへっ」と悪戯《いたずら》っぽく笑い、「本当に働いてる」と店名が入ったエプロンを身に着ける京介《きょうすけ》をまじまじと観察する。

「……お客様、冷やかしならお帰りください」

「ち、違うよ。ちゃんと買い物しに来たの！」

えーっと……、と本棚を眺めて回り、一冊の旅行ガイドブックをレジに持ってきた。そこに書かれていた県名から、なぜキャリーバッグを転がしているのか理解する。

「今日から行くのか」

「うん。ついでに観光しようと思って。お土産、楽しみにしててね」

前々から夏休み中にドラマの撮影で地方に行くと言っていた。

配役は主人公の姉。出番はあまりないが、重要なポジションらしい。ちなみに、主人公の俳優は綾乃の五つ年上とのことで笑ってしまった。

「一緒に行けたら良かったなぁ」

財布からお札を取り出しながら呟《つぶや》く綾乃に、「無理だよ」と嘆息混じりに言った。

「バイトあるし、この前海行ってお金ないし。それに僕、この夏で稼げるだけ稼ごうと思ってるんだ。学校始まったら、こんな毎日働けないし」

「ええー？　私と遊ぶ時間は？」

「それも何とかするけど……。お母さん、捜しに行くんだろ」

本を紙袋に入れて渡し、お釣りを返す。

「交通費も宿泊費もかかるし、食費だって必要だし。いくらいるか知らないけど、不自由はしたくないからな」

「そんなの、私が出すよ。私のわがままに、無理やり付き合わせてるんだし」

「違う。僕がしたいと思ったから付き合うんだ。お母さんに会って欲しいから……だから、これは僕のわがままでもある」

彼女の財布に頼ればことはない。万事快適に進むだろう。

ただの旅行なら、それでいいかもしれない。

しかし、これは彼女の人生にとって非常に重要なことだ。どこまで行っても部外者の自分が、当事者意識を持ち真剣に取り組むには、身銭を切るのが最低条件だと思った。

「バイトをする理由はそれだけじゃなくって、ほら、お金はあって困らないしな。僕だって欲しい物くらいあるし」

シリアスな台詞を急に口走ったことが恥ずかしくなり、慌てて舌を回し誤魔化した。

綾乃は熱の溜まった頬を緩ませて、「ありがと」と笑みを浮かべる。

「でも、無理しちゃダメだよ。身体《からだ》壊したら、私怒るからね」

「そっちこそ、腹出して寝て風邪引くなよ」

「出さないよ、そんなの」

「いや、海行った時思いっきり出してたぞ。僕がかけてやっただけで」

「……お、お腹《なか》見たの？　見たのはお腹だけ？」

「あっ。えっと、大丈夫。なるべく何も見ないようにしたから……」

暑さのせいか色々捲《めく》れ上がりずり下がっており、それが曖昧な闇のせいで妙に色っぽく
――と、過去の記憶に頬を染めながら目を逸《そ》らす。

「気をつけます」と綾乃は縮こまり、帽子のつばで顔を隠した。

「それじゃあ……い、いってくるね。京介」

戸を再び開け、日差し降り注ぐアスファルトの上に踏み出した。

「いってらっしゃい、綾乃」

小さく手を振って、彼女を送り出す。

まだ呼び慣れない名前に、ぎこちない笑みを浮かべながら。

♥

夏休み真《ま》っ只中《ただなか》というのもあり、電車の中は普段より賑《にぎ》やかだ。

綾乃はドアのすぐ脇のところに立ち新幹線停車駅を目指す。窓の外の流れる景色を眺めながら。

何となく、憂鬱な気分。

仕事自体に文句はないが、この街を――いや、京介から離れるのが嫌だった。昨日までは考えないようにしていたが、今しがた顔を見たせいで再燃した。すぐに引き返して、一緒に家でだらだらしたい。

（……ずるいよ、京介は）

身体が小さくて、どちらかと言うと根暗で、自分に自信がなくて。俯《うつむ》いてばかりだし、あまり目を合わせてくれないし、すぐに赤くなるし。

それなのに、必死に手を引いてくれる。先が見えなくても歩いてくれる。おどおどしながらも、きっと自分が一番怖いはずなのに。

ずるい。ずるいことばかりする。

気づけば心の片隅に住み着いて、どこにいても何をしていても彼の顔がチラつく。

街を歩いていて、偶然会わないかなとか。夜寂しい時、都合よく電話してこないかなとか。意味もなく、隣にいて欲しいなとか。

「……」

手のひらに染み付いた彼の体温を思い出して、きゅっと唇を噛《か》んだ。

胸の内側を占領する熱が、頬にまで伝播《でんぱ》する。

(どうしよう)

口には出さずに独《ひと》り言《ご》ちて、その事実に息を漏らした。

(私……)

もう自分を誤魔化しようがない。

話したいと思うのも、触れたいと思うのも、そばにいて欲しいと思うのも、友情が熱源の衝動ではない。夏のせいにできないほどに、顔が熱い。

(——京介のこと、好きだ)

あとがき

はじめまして。杢葉松《ときわようしょう》です。

陽キャなカノジョ、お楽しみいただけたでしょうか。

ラノベにしても漫画にしても、メインヒロインの身長は主人公よりも低いことが圧倒的に多いので、「高身長女子も可愛《かわい》いんだぞ！」と知って欲しくてこのお話を書きました。

本作を通して、大きな女の子を好きになってもらえたら嬉《うれ》しいです。

十年ほど前、私は富士見《ふじみ》ファンタジア文庫から出版されている『生徒会の一存』シリーズに触発されて創作の世界に入ったのですが、このような形で原点のレーベルから本を出すことになるとは思いませんでした。ファンタジア大賞に一次で落ちてしょんぼりしていた過去の私に、このことを聞かせてあげたいです。

また、私は漫画原作者としても活動しているのですが、原作者として初めて世に出した「一九〇センチ女子と一三〇センチ女子の百合《ゆり》モノ」が本作の原案となっております。

私にとってエモい偶然がひたすらに重なって、大丈夫かこれ夢じゃないかと何度思ったかわかりません。

さて、ここからは謝辞になります。

イラストを担当してくださったハム様。綾乃《あやの》のデザインを見た時、彼女の幼さと大人っぽさが絶妙に同居していて感動しました。瑞々《みずみず》しい輪郭と魂を吹き込んでくださり、ありがとうございます。

担当編集のN様。ウェブ上で人気だったわけではない本作に可能性を見出《みいだ》してくださり、本当にありがとうございます。

そして、富士見ファンタジア文庫編集部の皆様、営業部の皆様、校正様、印刷所の皆様、この本を手にとってくださった皆様、誠にありがとうございます。

次巻でもお会いできることを願いながら、筆を置かせていただきます。

杰葉松

富士見ファンタジア文庫

陽《よう》キャなカノジョは距離感《きょりかん》がバグっている

出会《であ》って即《そく》お持《も》ち帰《かえ》りしちゃダメなの？

令和４年３月20日　初版発行

著者――杢　葉松《ときわ　ようしょう》

発行者――青柳昌行

発　行――株式会社KADOKAWA

〒102-8177

東京都千代田区富士見2-13-3

0570-002-301（ナビダイヤル）

印刷所――株式会社暁印刷

製本所――本間製本株式会社

ISBN978-4-04-074473-5 C0193　◇◇◇

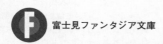

「す、好きです!」「えっ? ススキです!?」。
陰キャ気味な高校生・加島龍斗は、
スクールカースト最上位&憧れの白河月愛に
罰ゲームきっかけで告白することになった。
予想外の「え、だって今わたしフリーだし」という理由で
付き合うことになった二人だが、
龍斗はイケメンサッカー部員に告白される
月愛の後をつけて盗み聞きしてみたり、
月愛は付き合ったばかりの龍斗を
当たり前のように自室に連れ込んでみたり。
付き合う友達も遊びも、何もかも違う2人だが、
日々そのギャップに驚き、受け入れ合い、
そして心を通わせ始める。
読むときっとステキな気分になれるラブストーリー、
大好評でシリーズ展開中!

ありふれた毎日も
全てが愛おしい。

済みなキミと、
ゼロなオレが、
き合いする話。

ファンタジア文庫
何気ない一言も
キミが一緒だと
経験
経験
お付
著／長岡マキ子
イラスト／magako

切り拓け！キミだけの王道
ファンタジア大賞
原稿募集中！
賞金
《大賞》300万円
《金賞》50万円
《銀賞》30万円
選考委員
細音啓 「キミと僕の最後の戦場、あるいは世界が始まる聖戦」
橘公司 「デート・ア・ライブ」
羊太郎 「ロクでなし魔術講師と禁忌教典《アカシックレコード》」
ファンタジア文庫編集長
前期締切 8月末日
後期締切 2月末日
公式サイトはこちら！ https://www.fantasiataisho.com/
イラスト／つなこ 猫鍋蒼 三嶋くろね